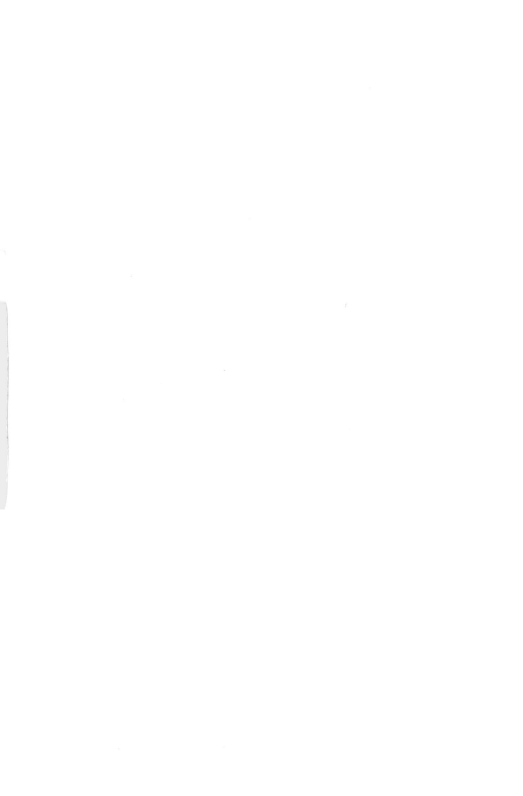

本書並非控訴，也非懺悔。它試圖報導一個被戰爭摧毀的世代

——儘管有些人得以在砲火下倖免於難。

chapter 1

第1章

昨天有人來前線換防。現在我們離前線有九公里，胃裡塞滿了白豆和牛肉，吃得又飽又滿足。雙倍的香腸和麵包量簡直可以讓人撐死，剩菜應該還夠大家晚餐再打一次牙祭。廚師已經很久沒有親自打菜了，他滿頭大汗漲紅著臉，用鍋瓢招攬每個路過的人，使勁把湯倒進他們的盤子裡。儘管如此，他仍然一副心事重重的樣子，大概是不知道怎麼把肉湯分完吧。堤亞登和謬勒爲了囤積存糧，連拿了好幾個臉盆，裝到湯都快溢出來了。堤亞登會這麼做是因爲貪吃，謬勒則是因爲天生謹慎。話說回來，堤亞登骨瘦如柴，怎麼吃也胖不起來，他吃的東西到底跑哪去了，一直是個謎。

最棒的是，這回發的菸也是雙倍份量。每個人可以拿到十根雪茄，二十根香菸和兩塊可以嚼的菸草。這樣的數量相當可觀。我用菸草跟卡特欽斯基換菸。現在我有四十根菸，夠抽上一天了。

其實這些東西本來不是要送我們的，普魯士人可沒有這麼大方。這個意外之禮完全要感謝有人估算錯誤。

兩個星期前，我們得上前線換防。當時我們守衛的防線非常寧靜。照例軍需官估計交接日要準備我們這連一百五十人份的糧食及日用品。不料最近這幾天炮火連連，大炮炸彈都對著我們發射。本連傷亡慘重，回來時只剩八十個人。

我們連夜回營，倒頭就睡。卡特欽斯基說得沒錯：要不是因為睡眠不足，其實戰爭也沒那麼可怕。在前線要好好睡覺是天方夜譚，更何況是連續十四天睡不好。

第一批人從駐紮兵營爬起來時已經是中午了。半小時後，每個人都拿了餐具聚集在伙房前，那裡飄來陣陣香味，聞起來既油膩又滋補。排在隊伍最前面的當然是最餓的亞伯特・克洛普。他個子矮小，卻是我們這伙人裡腦筋最清楚的，所以只當二等兵；謬勒隨身帶著教科書，一天到晚夢想會有戰爭特考，戰火隆隆時他還能猛背物理學定律；留著大鬍子的列爾特別偏好軍妓院裡的女人，他對天發誓說那些女人奉命得穿著絲質上衣，而且接待上尉階級以上的客人時得事先洗個澡。排在第四個位置的是我，保羅・包伊莫爾。我們四人都是十九歲，從軍前是同班同學。

緊跟著排在後面的是我們的朋友。堤亞登是鎖匠，和我們年紀一樣大，身材削瘦，是我們這連最會吃的人。他坐下吃飯前是隻瘦皮猴，吃完飯站起來時，卻可以肥得像隻懷孕的臭蟲。海爾・威斯特胡斯年紀跟我們一樣大，是個泥炭工。他可以輕鬆把士兵吃的粗黑麵包握在手裡，並且問大家：你們猜猜看，我拳頭裡藏了什麼。得特林是個農夫，心裡只有他的農莊和老婆。最後是史坦尼斯勞斯・卡特欽斯基，我們這群人的頭頭，四十歲、個性堅毅、機智精明。他面色土黃、藍眼睛、雙肩下垂，光用鼻子聞就知道哪裡空氣不好、哪裡有美食，也知道哪裡工作輕鬆。我們這伙人排在最前面，愈來愈不耐煩，因爲愚蠢的伙房傢伙不知道還在那裡等什麼。卡特欽斯基終於忍不住對他大叫：「海因利希，可以開始打菜了。誰都看得出來豆子已經熟了。」

他睡眼惺忪地搖搖頭：「得等你們全員到齊。」

堤亞登露出奸詐的笑容說：「我們全到齊了。」

下士還沒弄清楚狀況。「你們是到齊了！但是其他人呢？」

「其他人不會來吃了！他們不是躺在野戰醫院裡，就是在集體墓地裡。」

「我可是煮了一百五十人的份！」

克洛普撞了他肋骨一下。「那我們這回肯定可以吃飽了。快點開動吧！」

堤亞登突然靈機一動。他老鼠般尖銳的臉開始發光，眼睛機靈地瞇了起來，兩頰也開始抽動。他往前靠近一步問說：「小子，你是說你也有一百五十人份的麵包，對吧？」下士一臉茫然，心不在焉地點頭。堤亞登突然一把抓住他的圍裙。「香腸也這麼多？」

那顆蕃茄頭又點頭。

堤亞登的牙齒開始打顫。「菸草也是？」

「對，所有的東西都是一百五十人份。」

堤亞登得意地東張西望。「天啊！這就是所謂的走運！這些東西都是要給我們的。等等，也就是說，我們每樣東西都可以拿雙倍的量！」

蕃茄頭突然清醒過來澄清：「那可不行。」

現在連我們都突然精神一振，死命往前推擠。

「紅蘿蔔頭，爲什麼不行？」卡特欽斯基問。

「給一百五十人的東西怎麼可以發給八十人。」

「我們可以教你怎麼做。」謬勒念念有詞。

「吃的東西也就罷了，但是其他的配給品我不能全發下去。」蕃茄頭斬釘截鐵地說。

卡特欽斯基開始發火。「你工作還想不想幹？你領的不是八十人的補給品，你拿的是第二連的軍糧。我們就是第二連的人。事情就這麼簡單，你發下來就對了。」

我們推擠那傢伙。他本來就挺惹人厭的，因爲他讓我們在戰壕裡吃了好幾回冷飯。戰火激烈時，他不敢把鍋子放在離我們近一點的地方，所以害得我們這連負責領伙食的人得比其他連的跑更遠。第一連的布克盡職多了，雖然他胖得跟冬天的倉鼠沒什麼兩樣，但在同樣狀況下，他也會把鍋子送到最前線。

我們情緒激動，火冒三丈，要不是連長及時出現，恐怕會擦槍走火。他詢問我們爭執的原因後只是淡淡地說：「沒錯，我們昨天傷亡慘重。」

然後他探頭看了一下鍋子。「豆子應該熟了。」

蕃茄頭點點頭。「放了豬油和肉一起煮的。」

少尉看著我們，他知道我們心裡打什麼算盤。其實他知道的還不只這些，因爲他是和我們這連弟兄一起成長的，他剛進這連時還只是個下士。他打開鍋蓋聞香。離開時，他邊走邊說：「也給我來一盤。所有的配給都發下去，我們很需要補一補。」

蕃茄頭一臉錯愕。堤亞登繞著他手舞足蹈。

「你又不會少塊肉！」他一副好像軍糧處是他開的德性。「開始發啊，你這外行廚師，你可別算錯了。」

「去死吧！」蕃茄頭怒吼。他簡直要氣炸了，這事違反他的常理，他不懂這世界怎麼會變成這樣。爲了假裝他什麼都不在乎，竟然還主動多給了每個人半磅的人工蜂蜜。

今天恰好也是發信日，眞是個好日子。每個人都領到幾封信和報紙。我們慢慢晃到兵營後方的草地。克洛普腋下夾著一個人工奶油桶的圓蓋子。

草地右側有一個很大的公共廁所，有屋頂，還算堅固。不過，公廁是給新兵用的，那些菜鳥還不懂得怎麼善用優勢。我們有更好的方法，四處散放的小木箱，可以拿來當馬桶。這些木製的正方形箱子四面都是密閉的，坐起來很舒服，側面還有把手方便搬運。

我們搬了三個箱子，圍成一圈，舒服地坐在上面。不到兩個鐘頭，我們是不會離開位置的。

我還記得，剛入伍時，我們這些菜鳥覺得上公廁很丟人。那裡沒有門，二十個男人坐在一起上廁所，排排坐好像搭火車一樣。因爲小兵時時得有人監管，一排人上廁所的樣子當然被看光光了。

過了一段時間，我們的臉皮愈來愈厚，這種事情也漸漸習慣了。

其實在這裡露天上廁所可算是一種享受。我不明白從前爲什麼會難爲情。這跟吃飯喝水沒什麼兩樣，再自然也不過。要不是上廁所對我們來說非常重要，加上我們以前又很好奇，這事根本不値得一提。其他的人早就對這事習以爲常。

軍人比一般人更清楚胃和消化系統。他們使用的詞彙大概有四分之三都和這些有關。不管是要表達極度的喜悅或是深層的憤怒，都可以使用這類詞彙，其他方式反而沒那麼精準貼切。哪一天我們回到家鄉時，家人和老師們聽到我們說話的方式時，應該會瞠目結舌，但這裡通用的語言就是這樣。

對我們來說，上廁所這事因爲被強迫公開亮相，反而保留了它純潔的性質。而且，就是因爲我們覺得這件事非常理所當然，能夠輕鬆愜意地解決，跟玩紙牌手握穩操勝算的牌一樣痛快。各種閒言閒語會被稱做「茅坑流言」也不是沒道理。這地方方便傳話，也是軍中固定聚會聊天的場所。

此刻，我們覺得比在貼了白磁磚的豪華廁所還要舒服。那裡充其量是比較衛生，卻沒有這裡美好。

這幾個鐘頭腦袋什麼事都不用想，眞是太棒了。天空很藍，地平線上懸掛著被陽光照得閃閃發亮的熱氣球，遠處也能看見高射炮造成的白色煙霧。高射炮追蹤飛機時，煙霧有時候會成束狀，快速升起。

我們隱約可以聽見前線炮火隆隆，聲音聽來像是遠方正在下雷雨，音量還抵不上附近飛來飛去的熊蜂的嗡嗡聲。

四周的草地花開遍地，青草上細緻的圓錐花搖搖擺擺，白粉蝶穿梭其間，在盛夏柔軟溫暖的微風中翩翩飛舞。我們把帽子脫下放在一旁，一邊抽菸，一邊閱讀書信，讓風舞弄我們的頭髮，也撥動我們的語言與思緒。

這三個木箱就在火紅的罌粟花海中間。

我們把人工奶油桶的蓋子擺在膝蓋上，這樣就有個很棒的地方可以打斯卡特牌①。克洛普隨身帶紙牌。我們努爾制②和拉母希制③兩種玩法穿插著玩，簡直可以永無止境地這樣坐下去。

---

①斯卡特牌（Skat）：一種在德國相當受歡迎的三人制紙牌遊戲。
②努爾制（Nullouvert）：斯卡特紙牌中的一種遊戲方式。
③拉母希制（Schieberamsch）：斯卡特紙牌中的一種遊戲方式。

兵營傳來手風琴的樂音，有時我們會把牌放下，彼此對望。然後就聽到有人說：「孩子們啊，孩子們啊……」或是「當時眞的是好險啊……」接著頓時陷入沉默。我們內心有一種強烈抑鬱的感覺，彼此心知肚明。同樣地，我們也有可能今天再無機會坐在木箱上，我們也曾經身陷險境差點沒命。正因爲這樣，此刻的火紅罌粟花、美食、香菸和夏日微風都讓我們感動得不得了。

克洛普問：「你們最近有沒有人看到坎姆利希？」

「他在聖約瑟夫醫院。」我說。

謬勒聽說他大腿中彈被打穿，應該可以遣送回鄉。

我們決定下午去看他。

克洛普拿出一封信。坎托雷克要我跟你們問好。

我們笑了。謬勒把菸丟到地上說：「我眞希望他人在這裡。」

坎托雷克是我們的級任老師。他個性嚴厲，個子矮小，常穿著灰色上衣，尖尖的臉像老鼠一樣。他的身材和有「克羅斯特貝格④恐怖怪人」之稱的西姆

④克羅斯特貝格（Klosterberg）：德國地名。

史托斯下士相仿。說也奇怪，世上的不幸經常是身材矮小的人造成的。他們比個子高大的人更有精力，也更惹人嫌。我始終避開有矮小指揮官的部隊，那些人多半是該死的虐待狂。

坎托雷克在體育課時發表長篇大論，一直到我們跟著他到區軍役處報名入伍。他透過眼鏡盯著我們看，用矯情的嗓音對我們說：「同學們，你們會一起來吧？」那副景象至今仍深深印在我腦海。

其實這些教師經常把感情放在背心口袋準備好，每個小時都拿出來撒一點。不過，我們當時根本沒想那麼多。

同學裡有個叫做約瑟夫．貝姆的，他是個身材肥胖卻很好相處的男孩子。一開始他還有點猶豫不決，並不是很想一起去報名從軍，後來還是被說服了，不然面子掛不住。也許當時不想當兵的人很多，但是那個時代連父母都動不動把「膽小鬼」這個詞掛在嘴邊，所以也沒有人敢眞的拒絕。大家都不知道到底發生了什麼事，反而是窮困簡單的人比較理智，他們認爲戰爭就是災難。環境較好、地位較高的人應該早早弄清楚戰爭的後果，卻興沖沖的搞不清楚狀況。

卡特欽斯基說教育是罪魁禍首，教育使人愚蠢。他說的話都是經過深思熟慮的。

詭異的是，貝姆是第一個走的人。他在一次衝鋒陷陣時，被子彈射中雙眼。我們以爲他死了，便把他留在戰場上。因爲當時時間很趕，所以就算我們想，也無法把他帶走。下午時，我們忽然聽見他的尖叫聲，看見他在外面到處亂爬。看來他之前只是昏過去了。因爲看不見，又痛得大叫，所以他也沒辦法利用掩護，就在還沒被我們的人救走前，先被敵軍射死了。

我們不能怪罪坎托雷克。如果這也算是一種罪，那世界上每個人都有罪。像坎托雷克這樣的人成千上萬數不清。他們堅信自己正在用最合適的方法做最好的事。

但這點正是他們的失敗之處。

對於十八歲的我們來說，他們應該是引領我們進入成人世界的導師，他們應該帶領我們進入工作、責任、文化與進步的世界，帶領我們走入未來。雖然我們偶爾會開他們玩笑，有時也會捉弄他們，但基本上我們還是相信他們的。在我們心目中，他們就是權威的代表，應該擁有更多的判斷力和知識。可惜，我們親眼目睹的第一個死者徹底摧毀了我們的信念。我們體認到我們這個年紀的人比他們那輩的人誠實得多。他們只是比我們懂得如何耍嘴皮子和搓湯圓。第一場戰火證明我們的決定是錯誤的，這個錯誤徹底瓦解了他教給我們的世界觀。

他們繼續講課寫文章的同時，我們卻在這裡跟戰地醫院和死人對望。他們把效忠國家稱爲偉大事業的同時，我們只知道我們更害怕死亡。儘管如此，我們並沒有成爲叛國者，也沒有成爲逃兵或膽小鬼——這些名稱都是他們隨口而出的——我們跟他們一樣愛祖國，每次進攻都勇往直前。然而，我們突然領悟到，我們已經懂得如何區辨。我們認清了事實，他們說的那個世界並不存在。我們突然孤獨得可怕——卻得自己一人面對孤獨。

出發去看坎姆利希前，我們打包了他的物品。他回家路上應該用得著。

戰地醫院來來往往的人很多，聞起來有醫院慣有的石碳酸、膿和汗水的味道。其實住過兵營應該要能習慣這些味道，但是這裡的氣味更令人無力。我們四處打聽坎姆利希的消息，他躺在一個集體病房裡，看到我們時露出虛弱的表情，高興又略帶無奈的激動說，有人趁他不省人事時，偷走了他的手錶。

謬勒搖搖頭：「我早就告訴過你，別戴這麼好的手錶。」

謬勒笨拙又有點自以爲是。照理說他應該會閉嘴的，因爲任何人都看得出來坎姆利希不可能康復離開這裡了。找不找得到他的手錶沒什麼意義，頂多只能幫他寄回家。

「法蘭茲，你怎麼樣？」克洛普問。

坎姆利希垂下頭。「還好，只是腳痛死了。」

我們看著他的被子。他的一條腿放在一個鐵絲籠下，上面蓋著被子。我踢了一下謬勒的小腿，暗示謬勒別把救護兵告訴我們的事轉告坎姆利希：他那隻腳已經沒了，一條腿已經被截肢。

他的樣子看起來很恐怖，臉色蠟黃沒有血色。臉上出現了前所未有的皺紋，這種皺紋我們太熟悉了，因爲我們已經看過不下百次。說穿了那也不算皺紋，而是一種徵兆。皮膚下已經看不見生命的脈動，生命已經被壓迫到身體的邊緣，死亡正在裡頭一步步逼近，它已經占領了眼睛。不久前我們的伙伴坎姆利希還和我們一起烤過馬肉、蹲過彈坑，現在卻躺在那裡。雖然人在那裡，卻不像同一個人。他的形象開始模糊不清，好像是用同一張底片照了兩次照片一樣，連他的聲音聽起來都死灰般無力。

我想起當時我們一起出發時的情景。他的母親，一個肥胖和藹的女人，送他到火車站。她不停地哭泣，哭到臉都腫了。坎姆利希覺得有點不好意思，因爲她是所有人裡面最克制不了情緒的，整個人都快溶解成脂肪和水了。然後她轉向我，緊緊抓著我的手臂，要我在外面要多照顧法蘭茲。他的臉還像孩子一樣，骨頭也很軟，才背了四個星期的背包就成了扁平足。話說回來，在戰場上怎麼照顧別人啊！

「你現在就能回家了，」克洛普說。「如果要等休假，少說也得等上三四個月。」

坎姆利希點點頭。我無法正視他的手，它們看起來跟蠟一樣。他的指甲裡還有戰壕裡的髒污，像中毒一樣發紫。我突然想到，坎姆利希停止呼吸後，指甲仍然會像幽靈般的地下室植物一樣繼續長。我可以看見它們跟軟木塞開瓶器一樣呈螺旋狀不停的長。死後會繼續長的，還有在那顆快破裂的頭顱上的頭髮，那樣子就像肥沃泥土上的青草。沒錯，跟青草一模一樣。這怎麼可能呢？

謬勒彎下腰。「法蘭茲，我們把你的東西帶來了。」

坎姆利希用手指著床下。「就放那裡吧。」

謬勒照做。坎姆利希又說了一次手錶的事。我們該怎麼安撫他，才不會讓他起疑！

謬勒站起來時，手拿裡了一雙長筒靴。那雙英國鞋是用柔軟的黃色皮革做的，靴子可以綁鞋帶穿到膝蓋，看得出來是雙好鞋。謬勒看到那雙鞋非常高興，捧著鞋底和自己笨重的鞋比了一下後問：「法蘭茲，這雙鞋你要帶回家嗎？」

我們有了同樣的念頭：就算他康復了也只需要一隻。這雙鞋對他來說沒什麼價值了。但是照目前情況看來，把鞋留在這裡也是糟蹋，因爲他一死，救護兵馬上就會把鞋拿走。

謬勒重複問道：「你不把鞋留在這裡嗎？」

坎姆利希不要，這鞋是他最值錢的東西。

「我們可以交換，」謬勒又建議說，「這雙鞋可以在外面派上用場。」

坎姆利希不爲所動。

我踩了謬勒一腳，他慢吞吞地把靴子放回床下。

我們談了一會後跟他告別。「保重，法蘭茲。」

我答應他隔天再來。謬勒也這麼說，他滿腦子都是那雙靴子，只想做好萬全的準備。

坎姆利希呻吟著，他正在發燒。我們在外面攔了一個救護兵，試圖說服他給坎姆利希打一針。

他拒絕了。「如果每個人都要打嗎啡的話，那我們得準備好幾大桶。」

「你只服務軍官！」克洛普氣憤地說。

我馬上打圓場，先給了救護兵一根菸。他拿了菸，然後我接著問：「說眞的，你可以幫病患打嗎啡嗎？」

他覺得自己被侮辱了。「如果你們不信，幹嘛問我？」

我把好幾根菸放到他手裡。「幫我們一個忙——」

「好吧。」他說。克洛普跟著走進去，他不怎麼信任他，所以非親眼確認不可。我們在外面等。

謬勒又提起那雙靴子。「那雙鞋太適合我了。我穿現在這雙笨重的鞋已經長了不少水泡了，一個接著一個長。你們覺得他撐得到明天有人値班時嗎？萬一他晚上走了，那雙鞋我們就只有乾瞪眼的份了。」

亞伯特回來了。「你們覺得……？」他問。

「沒救了。」謬勒斬釘截鐵地說。

我們回到兵營。一想到明天要寫信給坎姆利希的母親，我就渾身發冷。我想喝一杯烈酒。謬勒拔了幾根草放在嘴裡嚼。克洛普突然把他的菸丟在地上狂踩，看看四周，神情驚慌，結結巴巴地說：「可惡，可惡的東西。」

我們繼續走了好長一段時間。克洛普冷靜下來了。這種情形我們並不陌生，是前線情緒失控，每個人都有過的。謬勒問他說：「坎托雷克信上寫了什麼？」

他笑了：「我們是鋼鐵青年。」

我們三個人都惱火地笑了。克洛普咒罵著，他應該很慶幸他可以繼續講他的大道理吧。

沒錯，這些人就是這麼想的。這些成千上萬的坎托雷克都是同一個樣子！鋼鐵青年！青年耶！我們都不到二十歲。但是我們年輕嗎？我們是青年嗎？那已經是很久以前的事了。現在我們都成了老人了。

chapter 2

第2章

在家鄉，我的書桌抽屜裡有一本已經開始寫的戲劇《掃羅王①》，還有一疊詩稿。想到這裡，我就有股奇妙的感覺。我們這群人屬性很像，都曾從事過文藝創作。有好幾個夜晚，我都是以寫作度過的，現在寫作對我來說卻非常不眞實，簡直連想都不敢想。

來到這裡後，不知不覺就切斷了過去的生活。有時，我們試著看清全局，找一個合理的解釋，卻沒有任何答案。對克洛普、謬勒、列爾和我來說，也就是坎托雷克嘴裡所謂的二十歲鋼鐵青年，所有事情都是模糊不清的。老一點的人跟過去的連結比較強是有理由的，因爲他們有老婆、孩子、工作和興趣。這

① 掃羅王（Saul，前1079-前1007）：以色列第一位國王。

些東西的力量堅固到戰爭無法摧毀。我們這些二十歲的人只擁有父母，也許幾個人有女朋友。這兩樣東西的力量不大，因爲父母對我們這個年齡的人影響力最弱，女朋友占的份量也不大。除了這些東西，我們一無所有，我們的生活還沒拓展到其他領域，只有一些幻想、一點玩票的愛好和學校。如今，連這些東西都蕩然無存了。

坎托雷克也許會說，我們正好站在生命的臨界點。沒錯，我們的確是處於類似的狀態，我們的根還沒扎深。戰爭就把我們沖走了。對於其他那些年紀大一點的人來說，戰爭只是打斷了生活。他們可以跳過戰爭思考，我們卻被戰爭抓個正著，不知結局如何。我們眼前只知道，自己連悲傷都來不及，就莫名其妙的成了野蠻人。

雖然謬勒很想要坎姆利希的靴子，卻不表示他缺乏同情心。其他人只不過是因爲悲傷不敢說出口，而謬勒只是能清楚區別狀況罷了。如果坎姆利希還用得上這雙鞋，那謬勒肯定寧願赤腳穿越帶刺的鐵絲網，也不會打這雙鞋的主意。現在坎姆利希根本用不上這雙鞋，謬勒卻非常需要。不管是誰拿到這雙鞋，坎姆利希還是難逃一死的命運。難道謬勒不該想盡辦法拿到鞋？他可是比任何一個救護兵都有資格得到這雙鞋！等到坎姆利希死了就太遲了，所以謬勒只好現在就開始小心翼翼盯著鞋子。

因爲其他相關性都是假的，所以我們已經沒有感覺。我們只看重事實，事實才是正確的。而事實是，好的靴子在戰爭期間是稀世珍寶。

過去情況可大不相同。我們去區軍役處報名時，班上有二十個年輕人，當兵前興高采烈地集體去刮鬍子，有些人還是生平頭一遭。我們對未來沒有特定的計畫，極少數人已經對工作和職業有想法，工作和職業代表的是一種生活方式。我們的想法還很模糊，在我們眼裡，這些想法把生活和戰爭理想化了，甚至還爲它們穿上了浪漫主義的外衣。

我們受訓了十個星期，被改造得比十年的學校教育還徹底。我們學到，一個擦得亮晶晶的鈕釦，價值高於四本叔本華②的作品。儘管一開始很震驚，後來變成無奈，最終我們還是不痛不癢的接受了事實。事實是精神沒有刷子重要，系統比思想更有決定性。與自由相比，操練才是王道。我們心懷善念、快樂地從軍，但是所有人都在設法扼殺我們的理想。三個星期後，我們完全體會

②叔本華（Arthur Schopenhauer，1788-1860）：德國哲學家，提倡意志哲學。

到一個郵差在軍隊裡便能支配我們，他的權威甚至高過父母、老師和整個從柏拉圖到歌德的文化圈。我們用年輕的慧眼觀察到，老師說的傳統的祖國概念，在這裡就是要你拋棄自我。連地位卑下的僕人也用不著達到這樣的要求。敬禮、立正、分列行進、舉槍致敬、向右轉、向左轉、鞋跟相碰、辱罵和上千百種整人伎倆。這些和我們當初想像的任務差太多了。我們發現自己被人當成馬戲團的馬訓練。我們很快就適應了，也瞭解有些東西是必要的，也有些是多餘的，士兵很清楚尺度在哪裡。

我們三、四個人一組，被分到不同的班裡。班裡有佛里斯③來的漁民、農人、勞工和工匠，我們也很快與他們成爲朋友。克洛普、謬勒、坎姆利希和我被編在第九班，我們的班長是西姆史托斯。

他算是軍營裡最狠的魔鬼班長，非常擅長折磨士兵，他還爲此感到自豪。此人的身材矮小結實，紅色鬍子還是捲起來的，原本是個郵差，當了十二年的軍人。因爲他隱約可以感覺到克洛普、堤亞登、威斯特胡斯和我的內心老跟他

③佛里斯（Frisia）：德國地名。

唱反調，所以看我們特別不順眼。

有一回清晨，我整理他的床整理了十四次，他總能雞蛋裡挑骨頭找出小毛病，然後又全部弄亂叫我重來。還有一回，我擦了二十小時的鞋——當然連休息時間也算進去——，把一雙老到不行、硬得跟石頭一樣的靴子擦得跟奶油一樣軟，這回連西姆史托斯都無話可說。還有一回，他命令我用牙刷把班裡的小房間刷乾淨。他也曾經下令要克洛普和我用洗手的刷子和迷你畚箕把兵營周圍的雪鏟乾淨。那一次要不是有個少尉出現拯救我們，還臭罵了西姆史托斯一頓的話，我們可能會做到凍死為止。可惜這次事件讓西姆史托斯懷恨在心。接下來的四個星期，我都被排到星期日站崗，也做了四個星期的寢室巡邏勤務。我曾經背著全套行軍裝備和步槍，在剛翻耕過的軟趴趴又溼答答的田地上練習「起立」、「快步走、快步走」、「趴下」，直到我髒得像坨污泥，不支倒地為止。四個小時後，我還得把所有東西洗得乾乾淨淨給西姆史托斯檢查，當時我的雙手已經磨到流血。我曾經和克洛普、威斯特胡斯和堤亞登在天寒地凍的時節，沒戴手套，裸露的手指貼在冰冷的槍管上，練習「立正」練了十五分鐘。此時西姆史托斯在我們四周晃來晃去，不時偷窺我們，就等我們不小心稍微一動，好給我們冠上抗命的罪名。我曾經半夜兩點穿著內衣從兵營最上層樓跑到院子八次，只因爲我把內褲擺在那張所有東西都得疊好才能放的凳子時，超出邊緣幾公分。西姆史托斯下士値班時，常跑到我身邊亂踩我的腳趾。練習刺槍術時，我總被分到跟西姆史托斯一組。他拿的是輕便的木槍，我拿的卻是笨重的鐵器。他輕輕鬆鬆就能把我打得青一塊、紫一塊。不過有一回我眞的火大了，不管三七二十一朝他衝過去，猛撞他的肚子，把他撞倒了。他正想抱怨時，連長忽然大笑，對他說要注意點。他很清楚西姆史托斯的爲人，似乎有點幸災樂禍。我就這樣練成了攀爬櫃子的高手，也擅長蹲下的動作。我們以前只要聽見他的聲音就會發抖，但是這匹郵政瘋馬並沒有讓我們眞正服氣過。

有個星期天，我和克洛普在營區用一根竿子當作扁擔，挑著尿桶經過院子時，西姆史托斯正好打扮得光鮮亮麗經過。他正準備出門，經過我們面前時還停下來問我們喜不喜歡這份差事。於是我們不顧一切，假裝跌倒，把他的腿潑得都是尿。他大聲狂吼，我們覺得受夠了。

「小心我關你們禁閉。」他大叫。

克洛普受夠了。「那得先調查，我們可是會全盤抖出的。」他說。

「你怎麼可以跟士官這樣講話！」西姆史托斯尖叫，「你瘋了不成？等到受審時再說吧。你想幹什麼？」

「抖出士官的底細！」克洛普一邊說一邊把手指放到褲襠處。

西姆史托斯馬上就知道發生了什麼事，一言不發走掉。他走之前還扯著喉嚨叫囂說：「這筆帳我會跟你們算清楚的。」——但是他大勢已去。後來他又用了在翻耕田地「躺下」、「起立、快步走、快步走」的招數整了我們一次。我們照著命令做動作，畢竟命令就是命令，不服從不行。不過，我們用低速慢動作執行指令，讓西姆史托斯絕望無力。

我們不慌不忙地慢慢蹲下，然後慢慢用手臂撐住，接下來的動作也是慢半拍。西姆史托斯光火得不得了，又下了更多其他指令。我們還沒流汗，他就已經惱羞成怒了。後來他也懶得整我們了。雖然他還是叫我們豬狗，但是比以前尊重我們多了。

其實理智的班長也很多，他們甚至占大多數。不過每個人都想在家鄉保有這個好飯碗久一點，所以他們必須對新兵嚴格一點。

我們接受了各種軍事操練，經常氣得差點哭出來。有些人被操到生病，沃夫還死於肺炎。但是如果我們就此屈服，可能連我們自己都會覺得可笑。我們變得冷酷堅強、愛猜疑、沒有同情心又凶殘，而且腦中只有復仇。其實這也不算壞事，因為這些特質都是我們沒有的。要是我們沒有經過這些訓練就上戰場的話，大部分的人應該會發瘋。我們所做的一切準備都是爲了迎接我們即將面對的事實。

我們沒有因此崩潰，而是適應了環境。二十歲的青春年少在某方面也許是缺點，適應環境的能力卻特別強。最重要的是，這裡喚醒了我們內心一種堅定的、很有用的團體意識，也就是戰場上產生的最可貴的情誼：生死與共的同袍之情！

我坐在坎姆利希床邊。他愈來愈衰弱。我們周圍亂烘烘的，因爲有台運送傷患的列車到了，傷勢不重的會被挑出來運走。醫生經過坎姆利希床邊，正眼都沒瞧一下就走了。

「下一回吧，法蘭茲。」我說。

他起身，把手肘撐在枕頭上。「他們把我的腿截肢了。」

他畢竟還是發現了。我點頭回答：「你應該高興點，你可以離開戰場了。」

他一句話也沒說。

我繼續說：「法蘭茲，沒有兩條腿都截肢算是萬幸了。維格勒更慘，他失去了右手臂。更何況你可以回家了。」

他望著我。「你這麼認爲嗎？」

「當然。」

「你眞的這麼認爲？」他重複問了一次。

「當然了，法蘭茲。你得先休養一下，你才剛動完手術。」

他揮手示意要我靠近一點。我彎下腰靠近他，他在我耳邊輕聲地說：「我不這麼認爲。」

「法蘭茲，別胡說八道了。過幾天你就會知道了。一條腿截肢也沒什麼大不了。這裡還有更嚴重的傷勢都可以治得好。」

他舉起一隻手。「你看我的手指。」

「那是手術的緣故。吃多一點就會好一點了。你們這裡的伙食還可以吧？」他指著一個還有半碗剩菜的碗。我的心情忍不住激動了起來。「法蘭茲，你要好好吃飯。吃飯最重要了，其實這裡的伙食看起來還不錯啊。」

他拒絕吃東西。過了一會他才慢慢地說：「我一直都想當森林保育員。」

「你還是可以當啊，」我安慰他說。「現在義肢做得很好，接在你的肌肉上，你根本不會感覺自己少了什麼。有些手的義肢甚至連手指都能動，能工作，甚至還可以寫字。更何況新產品不斷開發。」

他靜靜地躺了一下，然後接著說：「你可以把我那雙綁鞋帶的靴子拿去給謬勒。」

我點點頭，不斷思考我還可以說些什麼鼓勵的話。他的嘴唇完全沒有血色，嘴巴變大了，牙齒露出來，看起來像是石灰做的。他的肌肉萎縮、額頭突出、顴骨也更高了。他正一步步成爲骷髏，他的眼睛已經開始下陷，看來再過幾個小時，時辰就到了。

我並非第一次見到臨終的人，但我們畢竟是一起長大的，情況又不一樣。我以前抄過他的作文。他在學校時總穿著有腰帶的棕色外套，袖口磨得舊舊的。他是我們這群人裡面唯一可以在單槓上做大迴旋動作的人，每回做這個動作時，他絲質般的頭髮總會蓋著臉。坎托雷克非常以他爲榮。不過，他不喜歡菸，他的皮膚非常白皙，跟女孩子一樣。

我看著我的靴子。它們又大又笨重，褲子塞在鞋管裡。我們站著時，寬大的褲管讓我們看來魁梧又雄壯。不過等我們洗澡把衣服脫下來時，腿就變得很細，肩膀也變窄了。這時我們一點也不像軍人，幾乎像是小男孩。一般人可能不會相信我們背得動行軍背包。一絲不掛對我們來說是個美妙的時刻，只有不穿衣服時我們才能當文明人，也幾乎覺得自己是文明人。

法蘭茲．坎姆利希洗澡時看來跟孩子一樣又小又瘦。現在他躺在那裡，為的是什麼？我們應該把全世界的人都帶來這張床邊瞧瞧，對他們說：「這是法蘭茲．坎姆利希，十九歲半，他不想死。拜託別讓他死！」

我的思緒糾結在一起。這種石炭酸和火焰混合的氣味把肺都塞住了，就像把人泡在濃稠的漿糊裡一樣，令人窒息。

天快黑了。坎姆利希的臉愈來愈蒼白。他坐起來，臉色蒼白到幾乎會發光。他的嘴輕微的動著。我靠近他。他小聲地說：「如果你們找到我的手錶，把它寄回家。」

我沒有反駁，這樣做沒有意義。我們沒有辦法騙過他，我因為無助而覺得悲慘。那太陽穴已經凹陷的額頭、那只剩牙齒的嘴、那尖尖的鼻子！還有家裡哭泣的胖媽媽，我還得寫信給她。要是我已經把信寄出去就好了。

運送傷兵的助理帶著瓶子和水桶走來走去，其中一個走過來，打量坎姆利希一下又走了。看得出來他在等什麼，可能是需要那張床吧。

我靠法蘭茲靠得更近，跟他說話，好像我可以拯救他一樣。「說不定你會去克羅斯特貝格的療養院。法蘭茲，你可以從窗戶眺望田野，視線可以延伸到地平線的那兩棵樹。現在穀物成熟了，是最美的季節。黃昏時，夕陽照著田野，看起來像珍珠母一樣燦爛。還有克羅斯特河旁邊的白楊樹林蔭大道，我們以前就是在那裡一起抓棘背魚！你可以弄個水族箱，養幾條魚。你可以出去散步，不用問任何人；甚至你想彈鋼琴都行。」

我彎腰看著他在陰影裡的臉，他還在呼吸，很輕微。他的臉溼溼的，他在哭。我的蠢言蠢語看來弄巧成拙，反而讓他更難過。

「法蘭茲，」我抓著他的肩膀，我的臉貼著他的臉。「你現在想睡覺嗎？」

他沒回答，眼淚沿著雙頰流下。我想幫他擦淚，但是我的手帕太髒了。

一個小時過去了。我緊張地坐在那裡，仔細觀察他的表情，也許他還有話要說。要是他能打開嘴叫喊就好了！但他只是在那裡側著頭哭。沒有提到他的母親、他的姊妹，他什麼也沒說。我想這些他老早就想過了，現在的他正單獨面對渺小的十九歲生命。他哭是因爲這渺小的生命正在消逝。

這是我見過最無奈最悲傷的離別。雖然提特恩的也很慘，一個長得跟熊一樣壯的傢伙哭天搶地的要找媽媽，還瞪著雙眼拿著刺刀，不讓醫生靠近他的床，直到他死去。

坎姆利希突然開始呻吟，發出用力咳嗽的聲音。

我跳起來，踉蹌跑到外頭問：「醫生在哪裡？醫生呢？」

我看到一個穿白袍的人，馬上抓住他。「快來，不然法蘭茲．坎姆利希會死。」

他走過來問一個站在那裡的救護兵助手：「這是什麼意思？」

他說：「二十六號床，大腿截肢。」

他怒吼：「這樣我怎麼知道狀況。我今天做了五個截肢手術。」他一邊推我一邊對助手說：「你去看看狀況。」然後奔向手術室的方向。

我火冒三丈地跟著救護兵走。那個人看了看我說：「他從今天早上五點開始，手術一個接一個。真是瘋了，我告訴你，今天死了十六個人。你這一個是第十七個。肯定會超過二十個人……」

我忽然覺得好虛弱，我撐不住了。我不想責罵任何人，那樣做一點意義都沒有。我只想永遠倒地不起。

我們來到坎姆利希床邊。他死了。他的臉被淚水弄得溼答答的。他的眼睛半開半闔，蠟黃的顏色像舊的牛角鈕釦。

救護兵撞了我一下。

「你會收拾他的東西嗎？」

我點頭。

他繼續說：「得馬上把他移走，我們需要床位，外面已經有人躺在地上了。」

我拿了他的東西，取下坎姆利希的識別證。救護兵問我他的軍人證在哪，他並沒有找到。我跟他說應該在文書室裡，說完就走了。在我身後，他們已經把法蘭茲拖到帆布上。

走到門外感受到黑夜和晚風時，我忽然有種得救的感覺。我用力地深呼吸。感覺臉上的微風從來沒有如此溫暖又柔和過。我腦中忽然想到女孩、花開遍野的草地和白雲飄過的情景。我的腳穿著鞋子前進，我愈走愈快，開始奔跑。士兵從我身邊經過，儘管我沒聽懂他們說話的內容，他們的談話仍讓我激動不安。大地充滿力量，這力量流過我腳底，充滿我全身。黑夜像閃電般咯吱作響，前線發出低沉的隆隆聲，好像在舉行鼓樂合奏。我的肢體靈巧地移動，我感覺到自己強勁有力的關節，我大口大口地喘氣，發出呼呼的聲音。夜晚活著，我也活著。我覺得飢餓，但餓的不僅僅是我的胃而已。

謬勒站在兵營前等我。我把鞋子給他。我們進門去，他把鞋子穿上。它們非常合腳。

他在他的存糧裡東翻西找，給了我一條可口的塞爾維拉特臘腸④，還有一杯加了蘭姆酒⑤的熱茶。

④塞爾維拉特臘腸（Zervelatwurst）：一種德式乾臘腸。

⑤蘭姆酒（Rum）：一種由甘蔗汁、糖蜜發酵蒸餾製成的烈酒。

chapter 3

第3章

遞補的士兵填滿了空缺的名額。營房裡稻草袋做的床墊很快就被占據了。遞補的人裡面有部分是老人，也有二十五個從戰地新兵站來的年輕人。他們比我們小了將近一歲。克洛普推了我一下：「你看到那些孩子了嗎？」

我點頭。我們挺胸凸肚裝大哥，在院子讓人刮鬍子，我們把手插在口袋裡，看著那些菜鳥，覺得自己是跟石頭一樣老的軍人。

卡特欽斯基加入了我們的行列。我們經過馬廄閒晃到遞補的士兵那裡，他們正在領取防護面具和咖啡。卡特問了其中一個年紀最小的：「你們很久沒有領過像樣的食物了吧？」

那人做了一個鬼臉。「早上吃蕪菁甘藍麵包，中午吃蕪菁甘藍燉湯，晚上吃蕪菁甘藍煎餅和蕪菁甘藍沙拉。」

卡特欽斯基熟練的吹了聲口哨。「蕪菁甘藍做的麵包？你們運氣已經不錯了，他們還曾經用木屑做麵包咧。你們喜歡白豆嗎？要不要來一點？」

那個年輕人滿臉通紅。「你們別開我玩笑。」

卡特欽斯基只是淡淡回答：「拿餐具過來。」

我們也好奇的跟著他，他帶我們到他的稻草床墊旁的桶子那裡。裡面眞的有半桶白豆加牛肉。卡特欽斯基跟將軍一樣發號司令：「眼睛張大點，手指伸長點！這可是普魯士人常喊的口號。」

我們吃驚不已。我問：「老天，卡特，你這些東西哪來的啊？」

「蕃茄頭很高興我把這些東西拿走。我給了他三塊降落傘絲布片做爲報償。如何？白豆吃冷的也很棒吧。」

他給了年輕人一份，一副皇帝給獎賞的樣子：「下回你帶餐具來時，別忘了左手要帶根雪茄或口嚼菸草塊，懂了嗎？」

然後他轉向我們。「你們當然也有一份。」

我們不能沒有卡特欽斯基，因爲他有第六感。這種人其實到處都有，但大部分的人都深藏不露。每個連都有一兩個這種人。不過卡特欽斯基是我見過最精明的。我記得他的職業是鞋匠，但這不是重點，重點是他什麼活都會幹。當他的朋友非常好，我和克洛普都是他的朋友，海爾·威斯特胡斯也差不多算是個朋友。不過他比較像是個執行者，一但遇到需要用拳頭解決的事情時，他會聽卡特的指令行事。這方面他的確有他的長處。

例如，有一夜我們抵達一個完全陌生的地點，那是個鳥不生蛋的地方，看得出來連城牆都被摧毀得殘破不堪。我們紮營的地方是個光線昏暗的工廠，雖然有人整理過，也有床，但其實只是木頭床架上面鋪了鐵網。

鐵網當然很硬，我們也沒有墊被，被子得拿來當上被蓋，帳篷帆布又太薄。

卡特看了一下這些東西後對海爾·威斯特胡斯說：「跟我來。」於是他們出發深入這個陌生的小鎮。半小時後，兩人回來了，雙手抱滿了乾草。卡特找到一個馬廄，從裡面拿了乾草。要不是肚子餓得發慌，我們馬上就可以睡個暖暖的覺。

克洛普問了一個在那一帶已經待了很久的炮兵：「這附近沒有吃飯的地方嗎？伙房之類的？」

他大笑。「有什麼？這裡啥都沒有，連麵包屑都很難找得到。」

說。

「這裡沒有居民了嗎？」

他用力吐了一口口水。「有幾個，不過他們也到處找剩菜乞討。」

大事不妙。我們只好把原來就很緊的褲帶勒得更緊，等明天糧食到了再

我看見卡特戴上帽子，順便問他：「卡特，你要去哪？」

「考察一下環境。」他悠哉悠哉地走出去。

那個炮兵狡猾地奸笑。「好好考察吧！可別累壞了。」

我們失望地躺下，考慮是否要把緊急存糧啃掉。但這樣做太冒險了。我們只好想辦法打個盹。

克洛普把一根香菸折成兩段，一段給我。堤亞登聊到家鄉味的大菜豆燉五花肉。他說不放風輪草的煮法根本就是胡來。最重要的是所有東西得放在一起煮，不是馬鈴薯、大菜豆和五花肉分開煮。這時有人開始嘀咕，要堤亞登快閉嘴，否則就要把他剁成風輪草當香料。接著整個大房間突然鴉雀無聲，只剩幾根蠟燭在瓶頸處閃爍，偶爾還可以聽見那個炮兵吐口水的聲音。

當我們半睡半醒時，門忽然打開了，卡特出現在眼前。我簡直是在做夢：他腋下夾著兩個麵包，手上還拿著一沙袋滴著血的馬肉。

那炮兵的菸斗從嘴裡掉了出來。他伸手觸摸麵包。「眞的耶。是眞的麵包，還是熱的。」

卡特沒有多說什麼。他就是有辦法弄到麵包，其他都不重要。我相信就算把他丟到沙漠裡，他也可以在一個小時內弄來一頓有椰棗、烤肉和美酒的晚餐。

他簡短地對海爾說：「去砍柴。」

然後他從大衣下面拿出一個平底鍋，從口袋裡拿出一把鹽和一塊豬油，他考慮得眞周到。海爾在地上生起火來，空蕩的廠房發出劈里啪啦的響聲。我們紛紛從床裡爬出來。

那名炮兵猶豫著要不要讚美卡特，也許這樣讓他也能分到一杯羹。不過卡特把他當空氣，連看都懶得看他一眼。他一邊咒罵一邊離開了。

卡特知道怎麼把馬肉煎得嫩嫩的。肉不能馬上下鍋，否則會太老。要先放點水煮一下。我們拿著我們的刀子，圍成一圈，把肚子塞得飽飽的。

這就是卡特。如果有個地方一年內只有一個小時可以弄到吃的，那他就會準確地在這一個小時出現，然後靈光一閃，他會戴著帽子出門，像有指南針指引一樣準確地朝目的地去，找到這些食物。

他什麼都找得到。天氣冷時，他可以找到小火爐和木柴、乾草、桌椅等。最可怕的是他找得到吃的。這簡直是個謎，我們甚至相信他是憑空把這些東西變出來的。最絕的一回，他竟然找到四罐大龍蝦，儘管當時我們比較想要豬油。

我們在營房有陽光的地方休息，空氣中散發著焦油、夏天、和汗臭味腳丫的味道。

卡特坐在我旁邊，他喜歡聊天。因爲堤亞登對一個少校敬禮太隨便，我們今天中午練敬禮練了一小時。卡特對此念念不忘，他說：「聽著，這場戰爭我們輸定了，因爲我們敬禮敬得太好了。」

克洛普長手長腳地走過來，他赤腳、褲管捲起，把洗好的襪子放在草上晾乾。卡特看著天空，放了一聲響屁，若有所思的說：「吃一顆豆子放一次屁！」

他們兩人隨即開始爭辯，打賭正在我們上方進行的空戰誰輸誰贏，賭注是一瓶啤酒。

卡特可是戰場上的老兵，他不想放棄自己的意見，便用押韻的方式說著：

「同樣的酬勞，同樣的飯菜，願戰爭早被拋開。」

克洛普則是個思想家。他建議宣戰應該跟鬥牛一樣，變成一種民俗慶典，還得收門票放音樂。兩個國家的元首和將軍應該在競技場上，穿著泳褲拿著棍棒互相搏鬥一番。這種方式會比現在的方式簡單多了，而且更好。現在反而是不該打仗的人在打仗。

這個建議受到大家的認同，隨後話題又轉到兵營的操練上。

我的眼前浮現一個情景。炙熱的中午在練兵場，廣場上烈日當空，兵營好像死城般空蕩蕩的，萬物都在睡覺，只有鼓手在某個地方列隊練習，他們的鼓聲聽來笨拙單調又無力。午間的炎熱、練兵場和鼓聲練習簡直是絕配三和弦！

兵營的窗戶空蕩黑暗，只有幾個窗戶上掛著還沒乾的帆布褲。我們用欣羨的眼神望著那裡，營房那兒一定很涼爽！

喔，黑暗又帶著霉味的營房寢室啊！鐵床、格子被、櫃子和放在前面的矮凳啊！連你們也是我們渴望的對象。對離鄉背井的我們來說，瀰漫著隔夜菜餚、睡眠、菸味和衣服氣味的小房間，便是傳奇的家鄉味！

卡特欽斯基不僅形容得繪聲繪影，還加上動作表演。要付出什麼代價，才可以回到營房啊！我們不敢再想下去了。

營房清晨的理論課：「九八步槍分爲哪幾部分？」營房下午的體能訓練課：「會彈鋼琴的站出來，右轉後前進，去廚房削馬鈴薯。」

我們沉浸在回憶裡。克洛普突然笑了出來說：「在羅內①轉車。」

那是我們班最喜歡的遊戲。羅內是個轉乘站。爲了讓休假的士兵不迷路，西姆史托斯和我們在營房內練習轉車。我們得學習先過一條地下道才能搭到轉乘列車。床就是地下道，每個士兵站在床的左側，接著「在羅內轉車。」的指令就會響起，所有士兵迅速從床底下穿過爬到另一側。我們練這玩意竟然可以練一小時！

這段期間，德方軍機被射了下來，它像一顆彗星帶著濃煙火球隕落。克洛普因此輸了一瓶啤酒，他心不甘情不願地數錢。

亞伯特失望的情緒緩和一點後，我說：「西姆史托斯當郵差時應該是個謙虛的人。可他當軍士怎麼會成了虐待狂？」。

這個話題引起了克洛普的興趣。「不光是西姆史托斯這樣，這種人比比皆是。只要他們肩上多了一條直槓或一把軍刀，就像吃了一堆水泥一樣，馬上變

---

①羅內（Löhne）：德國地名。

臉成了另外一個人。」

「是制服讓他們變成這樣的。」我猜。

「差不多是這樣，」卡特說，並且坐起來準備發表長篇大論，「但是。眞正的原因不是這個。你看，如果你訓練一隻狗吃馬鈴薯，之後卻放了一塊肉在那裡，那牠還是會去咬那塊肉，因爲那是牠的天性。道理一樣，給人一點權力，他會咬著不放。這是與生俱來的本領，其實人類本就是禽獸，只不過像麵包片塗上奶油一樣，塗上一點僞君子的色彩而已。軍隊的本質就是某人具有支配另一個人的權力。恐怖的是這些人的權力太大了。下士可以折磨士兵，少尉可以整下士，上尉可以把少尉剝皮剝到他瘋了爲止。正因爲軍隊裡的人都深知這個道理，所以他們逮到機會就要這麼做，做久了就習以爲常。拿最簡單的事情來說，我們剛操練完，累得跟狗一樣。這時有人下令：『唱歌！』我們唱的歌有氣無力，因爲我們還拿得動步槍就要偷笑了。結果因爲歌唱得不好，全連又被叫回去罰操一小時，練完要行進回營時，又來了『唱歌！』的指令，我們還是得照令唱歌。這整件事有什麼狗屁意義嗎？連長不過是玩弄了他的權力，堅持己見罷了。這還只是個不傷大雅的例子，其他整人的花樣還多得很。現在我問你們：這個人如果在一般文明社會，管他做的是哪一個行業，有哪一行可以允許他這般無理取鬧還不挨揍？只有在軍隊可以這樣！你們瞧，這種觀念灌輸到每個人的腦子裡！在文明社會裡愈沒有地位的人權力觀念反而愈深。」

「他們把這個叫什麼來著，軍令如山。」克洛普漫不經心地說。

「他們的理由很多，」卡特嘀咕說，「也許這個理由沒錯，但是也不能演變成整人刁難啊。這裡大部分的人都是裝配工、小工或幹粗活的人，不然就是菜鳥新兵，你去跟他們解釋什麼叫軍令如山啊，他們看見的只是受盡折磨後要上戰場；其實什麼是必要的，什麼是不必要的，他們都心知肚明。我告訴你們，一個簡單的士兵在前線這裡要承受的實在太多了！眞的太過份了！」

每個人都承認，因爲大家都知道只有在戰壕裡才不用操練，只要一離開前線幾公里，馬上又得練這些沒啥屁用的敬禮和分列行進。這就是鐵的紀律：絕對要讓軍人有事做，絕不能讓他們閒下來。

堤亞登出現了，他兩頰通紅，激動得結結巴巴：「西姆史托斯要來了，他要上前線。」

堤亞登恨死西姆史托斯了，因爲他想了一個方法來改掉堤亞登的毛病。堤亞登夜裡會尿床，他也沒辦法控制。但是西姆史托斯冥頑不靈地認爲那是因爲堤亞登太懶，於是他想出了一個西氏獨門奇招治療堤亞登的毛病。他把隔壁營房另一個會尿床的士兵叫來，他的名字叫做金德爾法特。他把金德爾法特和堤亞登編在同一寢。營房裡的床通常是上下舖，床面是用鐵網架的。西姆史托斯把他們兩人安排在同一個上下舖。睡下舖的人當然很倒楣，所以隔天睡下舖的就調到上舖，好讓他有報復的機會。這是西姆史托斯的獨門奇招。

這個想法其實很有創意，但非常惡毒。可惜的是，因為出發點不對，這方法一點用處都沒有。他們兩人尿床並不是因為偷懶，看他們蒼白的臉色就知道了。這整件事的結局是：他們兩人其中一人去睡地板。這麼做可是很容易傷風感冒的。

這時海爾也加入我們。他一邊對我眨眼，一邊嚴肅地摩拳擦掌。我們一起經歷過最美好的軍旅生活。那是上前線前的夜晚，我們被分配到編號很後面的軍團，但之前又被調回駐防地換制服，換衣服的地方不是新兵倉庫，而是另一個兵營。預計隔天清晨出發，所以我們準備當天晚上好好跟西姆史托斯算帳。我們發誓要這麼做已經有好幾個星期了。克洛普甚至打算在戰爭過後到郵局做事，這樣西姆史托斯戰後回去當郵差時，他才能當他的上司。他滿腦子都是如何折磨他的畫面。我們的復仇計畫就是支持我們不屈服的動力，我們心裡非常篤定，最晚在戰爭結束時，一定可以逮到他。

那時，我們決定要好好海扁他一頓。只要他認不出是我們，他也拿我們沒辦法，更何況我們隔天就要上前線了。

我們知道他每天晚上哪個酒館。從酒館回兵營得經過一個兩旁沒有房子的黑暗道路。我們可以埋伏在石頭堆後面等他。我帶了條床單。因爲不曉得他是不是單獨一人，所以我們等得心驚膽顫直發抖。後來我們終於聽見腳步聲，因爲每天早上聽他開門喊「起床」的緣故，我們馬上認出那是他的腳步聲。

「一個人嗎？」克洛普小聲問。

「一個人！」我和堤亞登在石頭堆後面躡手躡腳。

已經可以看見他的皮帶閃閃發光了。西姆史托斯好像喝得微醺，還唱著歌，毫不知情地繼續走過來。

我們抓緊床單，輕輕一跳，從他後面把他的頭罩住，接著我們把床單迅速往下拉，把他整個人裹住，讓他的手臂無法活動。歌聲頓時停了下來。

接著，威斯特胡斯上場了。他張開雙臂把我們往後推，好當第一個下手的人。他興致沖沖地擺好架式，把兩隻手臂舉得跟電線桿一樣高，手跟煤鏟一樣，朝著白布袋用力揮，那一拳之猛，恐怕連野牛也難逃一死。

西姆史托斯連滾帶爬，落到五米外的地方，大叫起來。我們當然有備而來，拿出隨身攜帶的枕頭，海爾蹲下，把枕頭放在膝上，抓住西姆史托斯的頭，把他的頭壓在枕頭上。他的叫聲馬上被壓低，海爾偶爾讓他呼吸幾口氣，這時低沉的呻吟聲便會轉爲響亮的哀嚎聲，沒一會音量又會變小。

堤亞登解開西姆史托斯的吊帶，把他的褲子脫掉。他嘴咬著鞭子，接著站起來開始動起手來。

那眞是一幅美好的景象：西姆史托斯在地上，海爾在他上面彎著腰，把他的頭放在膝上，露出魔鬼般猙獰的奸笑，開心地張著嘴。那雙穿著條紋內褲的內八字的腿不停顫抖，堤亞登在上方，像伐木工人一樣毫不疲累不停抽打，每打一下，褲子裡的腿就做出誇張的動作。我們不得不把堤亞登拉下來，才輪得到我們上場。

最後海爾又讓西姆史托斯站起來，準備給他來個終結教訓。他舉起右手，彷彿要摘星星般，狠狠賞了他一個耳光。西姆史托斯倒地，海爾又把他扶好，精準地用左手摑了他第二個超級耳光。西姆史托斯呼天搶地，爬著逃離現場。他的條紋郵差屁股在月色下閃閃發亮。

我們馬不停蹄地逃離現場。

海爾又檢查了一下四周，用憤怒、滿足又謎樣的口吻說：「復仇眞是太爽了！」

其實西姆史托斯應該高興。他常說，人應由他人來教導，這句話已在他身上開花結果。我們可說是他的得意門生。

他始終沒查出這件事是誰幹的。而且他還贏了一條床單，因爲我們幾小時後去找時，已經不翼而飛了。

這次行動讓我們隔天清晨得以心滿意足地出發。有個留著大鬍子的人還感動地稱我們爲英雄青年哩。

chapter 4

第4章

我們得上前線挖戰壕。大卡車在天快黑時抵達了，我們隨後爬上車。那天晚上很暖和，暮色在我們眼裡彷彿是條大圍巾，在它的保護之下，我們覺得很舒適。它也讓我們更團結，連小氣的堤亞登都送了我一根香菸，還幫我點菸。

我們緊緊地站在一起。因爲不習慣的緣故，沒有人有辦法坐著。謬勒穿著他的新靴子，心情終於好轉了。

馬達開始運轉，車子咯吱咯吱作響。整條街都是坑坑洞洞，路況很差。因爲車子不能開車燈，所以我們也跟著顛簸搖擺，幾乎從車子裡栽出來。不過，我們並不會因此覺得不安，這也沒什麼大不了的，折斷手臂總比肚子穿孔好，很多人甚至希望藉這個機會回家。

彈藥補給車開在我們旁邊，他們趕時間，所以超我們的車。我們對他們叫囂開玩笑，他們也回應我們。

眼前出現一道圍牆，圍牆內的房子離街道有點距離。我突然豎起耳朵仔細聽。有沒有聽錯？我聽見鵝叫聲。我看了卡特欽斯基一眼，他也回看了我一眼。我們彼此心裡都有個底。

「卡特，看來我們可以加菜了。」

他點點頭。「回程就可以解決。這裡我熟。」

卡特當然很熟。他肯定對方圓二十公里有幾隻鵝腿都清清楚楚。

車子抵達了炮兵陣地。為了避免被敵軍飛機發現，炮台都以灌木做掩飾。要不是灌木裡面藏的是大炮，這些小亭子看起來很有趣，也帶來寧靜和平的氣氛，好像是在軍隊裡過住棚節①一樣。

空氣中瀰漫著大炮的濃煙和濃霧，視線模糊不清，舌尖也可以嚐到炮灰的苦味。子彈發射的聲音震耳欲聾，咆哮般的回音陣陣傳來，我們的車子震盪得很厲害，萬物都在搖晃。不知不覺地，我們的表情也變了。儘管我們不用守戰

---

①住棚節（Laubhüttenfest）：猶太教三大節日之一。長達一週的節日期間，必須建造一個臨時建築，在其中進餐、款待客人、休息，甚至是睡覺。

壕，只需建屏障，但是每張臉上都寫著：我們已經進入前線範圍了。然而，這還稱不上恐懼。像我們這麼經常上前線的人，感覺比較遲緩，只有新兵比較緊張。卡特教導他們說：「從發射的聲音就聽得出來，那是三十點五口徑的大炮。馬上就可以聽見爆炸聲了。」

不過低沉的爆炸聲並沒有傳來，反而被前線的嘈雜聲淹沒了。卡特側耳傾聽：「今天夜裡炮火全開了！」

我們每個人都豎起耳朵仔細聽。前線非常不寧靜。克洛普說：「英國佬開火了！」

子彈發射的聲音聽得很清楚。是我們右側的英國炮兵連，他們早了一小時開炮，以前通常是十點整才開炮。

「他們到底在想什麼啊，」謬勒大叫，「他們的鐘走太快了。」

「我跟你們說，這一場戰役肯定很猛，我骨子裡都感覺得到。」卡特聳聳肩說。

三枚炮彈在我們身邊咻咻飛嘯而過。火焰斜斜噴向濃霧，炮火轟隆作響。我們嚇得全身顫抖，同時也很慶幸很快又可以回到駐營區。

我們的臉色既沒有比平時蒼白，也沒有比較紅潤，我們不比平常緊張，也沒有比較鬆解。但我們多少還是有點反常，覺得血液裡好像有個開關被打開了。這不是隨便說說的空話，而是事實。意識到前線的事實把這個開關打開了。就在第一批榴彈呼嘯而過，空氣被炮火扯裂的時刻，我們的血管、手掌和眼睛也忽然懂得蜷縮身體等待、窺似埋伏和提高警覺，所有的感官從未如此懂得隨機應變、身體一下就進入備戰狀態。

那種感覺就像顫抖震盪的空氣，無聲無息地朝我們撲來，又好像是直接從前線發射出的電波，刺激了某種末稍神經活動。

每回的經歷都一樣：出發時我們是悶悶不樂或心情高亢的士兵。第一批炮彈發射後，每句話、每個詞就都成了危言聳聽的言語。

如果卡特是在兵營前說：「炮火全開了」，那充其量只是他的意見，沒什麼好討論的。可是此時此地如果他說了同一句話，這話就會像月色下的刺刀一樣銳利，可以切開我們的思想，直接命中我們內心深處甦醒中的下意識。同一句「炮火很猛」隨即會蒙上一層晦暗的色彩。或許這才是我們內心最深處、最私密的生命，它正激動地發抖，準備起身抵抗。

對我而言，前線就像詭異的漩渦，即使站在平靜的水裡，離中心還有點距離，仍可以感覺到它的吸力正在緩緩地把你吸進去，你毫無招架之力。然而，我們從大地和空氣裡接收到抵抗的力量。其中大部分的力量來自大地，它對軍人來說意義非凡。當軍人長時間用力緊貼著大地時，當他害怕戰火而把臉和四肢用力掘入土地時，大地就成了他唯一的朋友、兄弟和母親。他將恐懼和怒吼化成嘆息傳入大地沉默與安全的臂彎裡，它收到後再賜予他全新的十秒，讓他多跑一點，多活一下後再次擁抱他。有時，它一抱住就再不放開了。

大地，大地，大地！

大地，你的皺褶、洞穴和深溝，可以讓我們跳入蹲下！大地，在恐怖的痙攣、毀滅的炮擊和爆炸的死亡哀嚎裡，你給我們無與倫比的反擊力量，讓我們重生！瘋狂的暴風幾乎將我們的存在撕碎，你卻又將生命交回我們手中；劫後餘生的幸福不可言喻，獲救者趴在你的懷裡，用嘴唇緊咬著你！

聽到第一聲榴彈爆炸聲時，我們生命的一部分馬上迅速倒回千年，那是體內可以引導和保護我們的動物本能。這種本能不是意識，它比意識更快、更可靠，也更不會失誤。這種本能很難解釋，本來我們在走路，並沒有特別想到要做什麼，然後就會突然趴在坑洞裡，看見榴彈彈片從上方飛過。然而，我們怎麼也記不起來曾經聽到榴彈聲，也從沒想過要趴下。如果只信賴意識的話，那麼我們肯定早就成了一坨肉醬了。另一種預警的直覺讓我們趴下救了自己一命，至於這種直覺是怎麼運作的，沒有人知道。沒有它，法蘭德斯②到佛日山脈③恐怕早就沒有活人了。

出發時我們是悶悶不樂或心情高亢的士兵，只要一進入前線範圍，我們就變成人身野獸了。

我們來到一個稀疏的樹林，經過流動戰地伙房，穿過樹林後下車。車子開回去，隔天破曉前再來接我們。

濃霧和煙硝瀰漫到胸部的高度，月光照在草地上。公路上有軍隊行進，頭盔在月光下閃爍，反射出黯淡的光線。白茫茫的霧色裡可以見到突出的人頭正在點頭，步槍也跟著晃動。

繼續往前走後，霧散了。原本濃霧中只能看見人頭，現在現出人形。大衣、褲子和靴子彷彿是從牛奶池出來的，形成一列縱隊，繼續前進。接著這些

②法蘭德斯（Flanders）：歐洲地區名，位於西北歐，在比利時、法國、荷蘭的交界處。
③佛日山脈（Vogesen）：法國東部山脈，與法德邊境的萊茵河並行。

人形排成三角形，便看不出單一個體了。黑暗的三角形繼續前進著，隊伍後面接著在霧海裡游過來的人頭和步槍。那是一列縱隊，不是人群。

橫向公路上有輕型大炮和彈藥車駛過。馬匹的背部在月光下閃閃發亮，牠們搖頭晃腦，眼神炯炯，動作非常優美。大炮和車在月光景致模糊的背景前滑行，馬伕戴著鋼盔看起來像古代的騎士，這景象美麗又動人。

我們快到軍隊庫房了。一部份的人把彎曲尖銳的鐵器扛在肩上，另一部份的人把光滑的鐵棒插進成捲的鐵絲網裡走。扛著這些東西又重又不舒服。

路況愈來愈坑坑巴巴。前方有人傳來警告：「小心，左邊有很深的榴彈坑」、「小心，深溝」。

我們的眼睛開始小心張望，用腳和手杖探路後，才敢踩下全身的重量。隊伍突然停了下來，有人臉撞上前面人背著的鐵絲網便開始咒罵。

路上有些車被打得滿目瘡痍。新的命令來了：「香菸和菸斗一律熄滅。」我們很接近戰壕了。

這時天色已暗。繞過一片小樹林後，前線就在眼前。

地平線的兩端間出現了一道不明顯的紅色亮光，它不斷移動，前方掠過炮口冒出的火焰。銀色和紅色火球在上空升起爆炸後，散成白色、綠色和紅色的星星，像下雨般落下。法國的火箭發射上去後，絲綢降落傘在高空展開緩緩飄落，所有的地方都被照得跟白天一樣亮，連我們也被照到，影子清楚地映在地面上。照明彈飄浮幾分鐘就熄滅了，然後馬上又有新的發射上升，到處都是，接著又是綠色、紅色和藍色的星雨。

「一團糟啊。」卡特說。

炮彈的發射聲愈來愈強，變成低沉的轟隆聲後又分岔成此起彼落的爆炸聲。機關槍單調的發射聲劈劈啪啪響。我們的上空也充滿了無形的追殺、哭號、呼嘯和吼叫，那是比較小的炮彈。有時大口徑的重炮也會像管風琴般發出嗚聲，炮彈碎屑劃破夜空，落在我們後面很遠的地方。重炮的聲音是管狀的，聽起來沙啞又遙遠，有點像鹿發情的聲音。這種聲音軌跡更高，比小炮彈的聲音的呼嘯聲還要明顯。

探照燈開始搜索黑漆漆的夜空，光線向天空滑去，彷彿是巨大的直尺，尾端變得愈來愈細。其中一道光線停在那裡微微抖動，第二道馬上跟進交叉。兩道光線交接處有一隻黑色的昆蟲試圖脫逃。那是一架飛機，它被照得方向盡失，驚慌失措，暈頭轉向。

我們在地上間隔固定距離打鐵樁。兩個人負責拿著鐵絲網捲的兩端，其他人負責展開。這張網的刺又長又密，非常噁心。我突然對展開鐵絲網捲有點陌生，手也因此被劃傷。

幾個小時後我們完成任務，可是來接我們的卡車還沒到，大部分的人便躺下睡覺。我也試著入睡。可惜因爲這裡離海很近，氣溫太冷，所以我們一再醒來。

有一回我眞的睡死了，忽然驚醒時，連自己人在哪裡都不知道。我看到星星和火箭，一剎那覺得自己好像在花園參加宴會時睡著了。我連清晨還是傍晚都搞不清楚，只是舒適地躺在灰暗天色蒼白的搖籃裡，等待該來的溫柔言語，咦，我在哭嗎？我摸摸眼睛，感覺很奇怪，難道我是個小孩嗎？細緻的皮膚——這幻覺只持續了一秒鐘。很快的我認出卡特欽斯基的側影。他安靜地坐在那裡，一副老兵樣，抽著菸斗，而且還是有蓋的那種。當他發現我醒過來時，只說：「你應該被嚇壞了吧。剛才那不過是個引爆裝置，掉到那裡的樹叢裡了。」

我坐了起來，有種特別寂寞的感覺。還好卡特在，他若有所思地看著前線說：「要不是這些煙火太危險，它們還挺美的。」

我們後方被炮火擊中。幾個新兵嚇得跳起來。幾分鐘後又有炮彈攻擊，這次命中的地點比剛才還近。卡特把菸斗的菸灰倒掉。「炮火全開了。」

炮擊眞的開始了。我們趕緊匍匐爬離現場，接著，一枚炮彈落在我們中間，有幾個人尖叫起來。地平線邊有綠色火箭炮發射。塵土高高飛起，子彈咻咻作響。爆炸聲停止之後仍然可以聽見彈片啪嚓啪嚓的響聲。

我們旁邊躺了一個嚇壞了的金髮新兵。他把臉埋在手裡，頭盔都掉了。我把它撿回來要幫他戴回去。他抬頭看，把頭盔推開，像小孩一樣把頭埋在我的胳臂下，緊緊地靠在我胸前。他瘦弱的肩膀不停抖動，跟坎姆利希的一樣。

我讓他躲在我這裡。爲了讓頭盔發揮點用處，我把它放到他的屁股上。這可不是沒頭沒腦隨便亂放，而是三思而後行的決定。他的臀部是最突出的地方。就算那個部分肉很多，中彈可也是痛得叫爹娘。更何況，或許還得在野戰醫院趴上好幾個月，之後還有跛腳的可能性。

不曉得是哪裡遭到重擊，爆炸聲間夾雜著人的慘叫哀嚎。

聲響終於平息下來，炮火從我們上方飛過，落在後方後備戰壕。我們冒險察看，看見紅色火箭在天空飛舞，看來會有更進一步的進攻行動。

我們這裡還算平靜。我坐起來，搖醒靠在我肩上的新兵。「沒事了，小子！我們挺走運的。」

他驚慌失措地環顧四周。我對他說：「你會慢慢習慣的。」

他看到自己的頭盔，把它戴上。漸漸回過神來後，他的臉突然漲紅，表情尷尬。他小心翼翼地把手放到屁股上，表情痛苦地看著我。我馬上知道發生什麼事了：大炮恐懼症。其實我不是因爲這個原因才把頭盔放在那個位置，但我還是安慰他說：「這不是什麼丟臉的事。除了你之外，還有一堆人第一次被炮火攻擊時嚇得屁滾尿流。到後面樹叢去把你的裡褲丟掉就沒事了。」

他羞愧地走開。這時四周安靜了一點點，但仍然聽得見慘叫聲。「亞伯特，怎麼了？」我問。

「那邊有幾隊人馬中彈了。」

哀嚎聲持續著。這應該不是人的聲音，人不是這種可怕的叫法。

卡特說：「受傷的馬。」

我沒聽過馬的哀嚎聲，簡直不敢相信會有這種叫聲。那簡直是世上最淒厲的聲音，是備受折磨的生物遭受劇烈又殘忍的疼痛時發出的哀嚎聲。我們臉色發白，得特林站起來。「屠夫，屠夫！射死牠們吧！」

他是農人，非常喜歡馬，看到這個情形分外傷心。這時，好像有人刻意安排的一樣，戰火幾乎停息了。然而，馬的哭號聲反而聽得更清楚。我們不知道在這個寂靜的銀色景致裡怎麼會有這樣淒厲的聲音。雖然看不見，卻到處都聽得見，這聲音像幽靈一樣，在天地之間無限擴大。得特林幾乎要發狂了，他怒吼：「射死牠們，快射死牠們！可惡！」

「他們得先救受傷的人。」卡特說。

我們站起來找聲音的來源。如果可以看得見動物，可能比較能忍受。梅爾有望遠鏡。我們看見一群黑壓壓的救護兵抬著擔架，還有一大團會動的黑色物體。那是受傷的馬匹，不過並非全部都是。有些馬仍繼續跑向遠處，跌倒了又繼續跑。其中有匹馬的肚子都裂開了，裡面的腸子長長地脫了出來。牠被自己的腸子纏住跌倒，又重新站起來。

得特林抓起步槍瞄準。卡特把槍口推向空中。「你瘋了不成？」

得特林渾身顫抖，把步槍丟到地上。

我們坐下來把耳朵摀住。但是這可怕的控訴聲、哭嚎聲和慘叫聲像魔音穿腦般傳來，到哪裡都不絕於耳。

其實我們能忍受的東西很多。可是遇到這個情形也讓我們冷汗直流。大家都想站起來逃走，到哪都行，只要能不聽到這種哭聲就好。這還不是人耶，只不過是馬罷了。

從那團黑色物體裡可以看見又有些擔架被抬了出來。接著響起幾聲零星的子彈發射聲。那團黑色物體抽搐了一下變得比較平靜。終於！但事情還沒結束。他們沒辦法追上那些受了傷驚嚇逃跑的動物。牠們張開嘴巴，痛苦萬分。有個人形跪下來開了一槍，一匹馬中槍倒地，再開一槍。最後一匹用兩隻前腿撐著，身體一直打轉，像遊樂園的旋轉木馬般。可能是脊椎已經被打爛了，牠後來蹲下，身體支撐在前腿上轉圈。士兵跑過去又補了一槍，牠才慢慢屈服倒地。

我們把手從耳朵上移開。哀嚎聲停止了，空氣中只剩下綿長垂死的嘆息聲。然後再度響起火箭炮爆炸聲和榴彈咻咻作響的聲音，滿天都是炮火星星，幾乎只能用奇妙兩字形容。

得特林一邊走一邊咒罵：「我眞想知道牠們犯了什麼過錯。」過沒多久他又走過來。他聲音激動，幾乎是用鄭重的語氣說：「我告訴你們，要動物參加戰爭，大概是世界上最殘忍的事。」

上車的時間到了，我們往回走。凌晨三點，天又亮了一點。此時的風涼爽又清新，灰暗的天色讓我們的臉看起來面有菜色。

我們排成一個縱隊前進，經過戰壕和彈坑，再度進入起霧地帶。卡特欽斯基有點不安，這不是什麼好預兆。

「你怎麼了，卡特？」克洛普問。

「我眞希望我們在家。」——他說的家是指駐紮兵營。

「用不了多久就到了，卡特。」

他很緊張。

「我不確定，我不確定……」

我們走過交通壕，然後走過草地，來到一個小樹林。我們熟悉這裡每一吋土地，已經可以看見小山丘和黑十字架的獵人墓地了，

這時我們後面響起了呼嘯聲，音量愈來愈大，最後變成雷鳴般的轟隆爆炸聲。我們彎下身子，前方一百米處有一團火焰向上射出。

一分鐘後，第二次炮火轟擊，一部份樹林被幾乎震到樹梢的高度，有三、四棵樹跟著一起飛了起來，裂成碎片。接著而來的榴彈已經開始發出像水壺響笛般的嘶嘶聲——炮火猛烈。

「找掩護！」有人吼著——「找掩護！」

草地很平，樹林又太遠太危險。除了公墓和墳丘，沒有其他可當掩護的地方。我們摸黑跌跌撞撞走了進去，每個人都抱著一個墳丘不放，好像一口痰黏在上面一樣。

說時遲，那時快。黑暗跟發狂一樣地洶湧怒吼。比黑夜還漆黑的黑暗拱著巨大的爆炸雲團朝我們奔來，從我們上空穿越。爆炸的火焰照亮了整個墳場，沒有任何地方可以逃。我在榴彈的照明下趕緊看了一眼草地。那裡簡直像波濤險惡的海洋，炮彈噴出的火焰跟噴泉一樣湧出。在這種狀況下，要穿過這片草地是不可能的。

樹林消失了，它被炸得稀爛。我們得繼續待在墳場。

大地在我們面前爆裂，土塊碎石如雨點落下。我覺得好像被什麼東西撞到，原來是爆炸的彈片扯碎了我的袖子。我握起拳頭，並沒有感覺到疼痛。但是我並不放心，因爲傷口的疼痛感通常會慢半拍。我很快摸了一下手臂，有點擦傷，但還很完整。這時，我的頭部突然被某種東西重擊，我突然意識模糊，但腦中馬上出現一個念頭：不能昏過去！我眼前一陣黑，身子癱了一下，但馬上又驚醒。有個彈片打中我的頭盔，還好發射距離很遠，沒有射穿頭盔。我擦掉眼睛裡的泥污，隱約看見前方被炸了一個大坑。通常炮彈不會命中同一個坑，所以我想躲在那裡。我迅速往前一跳，身體攤平跟魚一樣飛過地面。此時又傳來炮彈的咻咻聲，我趕緊趴下找掩護，覺得左邊好像有東西，於是用力貼近它，那東西被推動了一下。我呻吟著，大地裂開，氣壓在我耳裡發出打雷般的聲音，我爬到左邊那個東西下面，把它往自己身上蓋。那是木材、布條，是掩護沒錯，有點可憐的掩護，卻可以拿來抵擋落下的爆炸碎片。

我打開眼睛，發現自己的手指緊緊抓著一隻袖子，不，是一隻手臂。是受傷的士兵嗎？我對著他大吼，沒有得到任何反應，原來是個死人。我的手繼續摸索，摸到木材碎片，這時我恍然大悟，原來我們在墳場上。

火勢比什麼都強，連思考和意識都一起被燒了，我更努力往棺材裡面爬，雖然死神也躺在裡面，但是它可以保護我。

彈坑出現在我面前。我睜大眼睛打量，握緊拳頭。我只有一次機會跳進去。在那裡我挨了一記耳光，有隻手緊緊抓著我的肩膀——那個死人醒過來了嗎？那隻手搖搖我，我轉過頭，趁著只有幾秒鐘的火光盯著卡特欽斯基的臉瞧。他張著嘴大叫，我卻什麼也聽不見。他搖搖我，朝我靠近。在戰火間歇的幾秒鐘裡，他的聲音傳了過來：「毒氣，毒——毒氣！傳下去！」

我把防毒面具抓過來。離我不遠的地方躺了一個人。我滿腦子只有一個念頭：他得知道這個訊息：「毒——氣！毒——氣！」

我大叫，往他的方向移動，用防毒面具丟他，他還是沒有注意到。我一次又一次大喊，他卻只是低著頭——是個新兵。我驚慌失措地看著卡特，他已經戴著防毒面具。我也把我的防毒面具拿出來，頭盔滑向一邊，面具就掉到我面前。我靠近那個新兵旁邊，離我最近的是他的防毒面具，於是我抓住他的面具朝他的頭丟，他抓住了面具。我鬆開手用力一跳，就落到彈坑裡了。

毒氣彈低沉的聲響和炸彈的爆炸聲混成一團。鐘聲也夾雜在爆炸聲中。到處有人敲著鑼和金屬製品發出警告——毒氣，毒氣，毒氣。

後面有人跳下，一個，兩個。我擦掉防毒面具上呼吸水氣，看見卡特、克洛普和另一個人。我們四個人躺在一起，心情沉重又緊張，盡可能地輕微呼吸。

戴著防毒面具的前幾分鐘是生死關鍵：面具是否密閉？我還記得戰地醫院驚心動魄的畫面。吸進毒氣的傷者呼吸困難好幾天，把燒壞的肺一塊一塊地吐出來。

我小心翼翼地把嘴壓在濾罩上呼吸。現在毒氣團漸漸蔓延到地面上，再沉到下陷的地方。它就像一隻柔軟巨大的水母棲息在彈坑裡，慢慢地伸懶腰。我撞了卡特一下表示：我們最好爬出去待在上面，這裡是毒氣聚集最多的地方。但我們沒辦法出去，因爲第二波炮火攻擊已經開始。這回不像是子彈在狂叫，反而像大地本身在怒吼。

突然一聲巨響，有個黑色的東西朝我們飛過來。剛好落在非常靠近我們的地方，原來是一副被炸得飛起來的棺材。

我看見卡特在移動，於是爬到他身邊。棺材恰好打在我們洞裡第四個人伸出來的手臂上。那個人試圖用另一隻手把面具扯下來。克洛普馬上出手制止，把他的手用力反折在背後。

卡特跟我走過去，拉出受傷的手臂。棺材的蓋子很鬆，而且已經裂開。我們輕鬆地扯開棺材蓋，把裡面的死人丟出來。屍體掉到下面後，我們試著把棺材底部也鬆開。

還好那個男人昏了過去，而且有亞伯特幫忙，我們用不著小心翼翼顧慮傷者，只是一古腦地猛敲。我們用鏟子用力撬，棺材底部終於喀擦一聲鬆開了。

天色又亮了一點。卡特拿了一塊棺材裂板，放在受傷的胳臂下。除了拿出所有能包紮的東西纏在上面，目前也別無他策。

我的頭在毒氣面具裡嗡嗡轟轟作響，簡直要爆炸了。我的肺疲憊不堪，呼氣炙熱又混濁，太陽穴已經爆出青筋，簡直快窒息了。

灰濛濛的光線慢慢照進來。風吹過墳場。我探頭出彈坑看，天色昏暗混沌，一條斷腿在我眼前，靴子完好無缺。此時，所有東西看得一清二楚。幾米外有個人站著，我擦去面罩上的水。因爲太激動，面罩又馬上起霧，我盯著那個男人的方向望，他沒有戴面具。

我等了幾秒鐘，他並沒有倒下，而是四處張望，然後走了幾步。風把毒氣吹散，可以呼吸了。我呼嚕呼嚕地扯下我的面具，一屁股跌坐下來。空氣像冷水般流進我的身體，我的眼睛彷彿要爆開了，氣流把我淹沒，我眼前忽然一陣黑。

炮擊停止了。我轉向彈坑，對其他人招手。他們爬出來扯下面具。我們把傷者抬出來，一個人托著他被固定的傷臂，急急忙忙踉踉蹌蹌地離開。

墳場成了廢墟，棺材和屍體四散各處。這些死人又被殺了一次，但是每具被炸毀的屍體都救了我們一條人命。

籬笆全毀，輕便鐵路的鐵軌也被掀開，在空中形成高聳的拱形。前面躺了一個人，我們停下來看，克洛普帶著傷者繼續走。

地上的人是新兵。他的臀部被炸得血肉模糊，氣息微弱。我手伸到裝有蘭姆酒和茶的包包。卡特把我的手擋住，彎下腰看他：「你傷到哪裡了，伙伴？」

他眼睛動了一下，虛弱到無法回答。

我們小心地剪開褲子。他呻吟著。「安靜，安靜，就快好了……」萬一他中彈的是腹部，就不可以喝任何東西。他沒有嘔吐症狀，還好。我們讓他的臀部裸露，那簡直是一坨肉醬和碎骨，關節也壞了。這個年輕人這輩子沒辦法走路了。

我手指沾水輕輕塗抹他的太陽穴，給他一小口水喝。他的眼珠又動了一下，我們現在才看見他的右手臂也在流血。

卡特扯開兩包急救敷料，用力拉寬，好覆蓋傷口。我到處找布要幫他簡單包紮，卻什麼也沒有找著，所以我撕開傷者的褲腳管，想拿裡褲當作繃帶來用。但是他沒穿裡褲，我仔細一看，原來是剛才那個金髮的新兵。

這時卡特從一個死者的包包拿出一塊急救敷料，我們小心地把它放在傷口上。我對著滿臉驚恐的年輕人說：「我們去找擔架。」

他張開嘴輕輕地說：「不要走……」

卡特說：「很快就回來，我們只是去找擔架。」

我們無從判斷他是否聽懂了我們說的話，他跟小孩子一樣啜泣，不停地說：「別走，別走……」

卡特環顧四周，低聲說：「要不要拿把手槍結束這一切？」

這小子可能沒辦法忍受運送過程，而且也撐不過幾天。他到目前爲止所受過的苦，恐怕也不會比死前這段時間更折磨人。現在他還處於麻痺狀態，沒什麼感覺。一小時後，他就會因爲無法承受疼痛，成了狂叫不止的東西。剩下得以苟活的幾天，對他來說只是瘋狂的折磨。多活這幾天，對誰有好處呢？

我點點頭。「你說的沒錯，卡特。我們拿把手槍來吧。」

「拿過來。」他說完站著不動。我看得出來，他下定決心了。我們環顧四周，可惜現在在場的已經不只自己人了。有一小群人聚集在我們面前，彈坑和戰壕裡也漸漸有頭冒出來。我們只好去拿擔架。

卡特搖搖頭。「這麼年輕的人，」他又重複說了一次：「這麼年輕又無辜的人……」

我們的損失沒有想像中嚴重：死了五個，有八個受傷的。剛才只是一個短暫的炮擊。兩個死者橫屍在被炸開的墓穴裡，我們只要塡些土把他們埋起來就行了。

我們往回走，一個接著一個排成一個縱隊，無精打采的拖著沉重的腳步。傷者會被送到救護站。清晨天色昏暗，看護員帶著號碼和紙條走來走去，受傷的人則在啜泣。天空開始下起雨來。

一小時我們回到車那裡，爬了上去。現在比來程多了點空間。

雨愈下愈大。我們打開帳棚帆布，放在頭上遮雨。雨滴在棚上打鼓，匯集成小水流從旁邊流下來。車子啪啦啪啦地駛過坑坑洞洞，我們半睡半醒地搖來晃去。

坐在前面的兩個人手拿著木叉，注意觀察街上是否有拉得太低的電話線。這些線有時低到可以把我們的頭削掉。那兩個人用木叉把線頂高一點，從我們頭上挑過。我們聽見他們喊：「小心！電話線——」，然後一邊打瞌睡一邊彎腰屈膝，再站起來。

車子單調地擺動著，警告聲單調地響著，雨也單調地下著。雨水流到我們頭上，流到前線的死者的頭上，也流到受傷的新兵身上。對他的臀部來說，他的傷口實在太大了。這雨流在坎姆利希的墓上，也流到我們的心上。

不知哪裡傳來了爆炸聲。我們突然驚醒，睜大眼睛，手就準備姿態，隨時都可以翻過車身，跳進旁邊的溝裡。

什麼事都沒發生。警告聲單調地響著：「小心，電話線——」，我們屈膝彎腰，再度陷入半睡半醒的狀態。

chapter 5

第5章

如果身上有一百隻虱子，要一隻隻殺死非常費力。這種動物有點硬，用指甲永無止境地掐下去太無聊，所以堤亞登用鐵絲把鞋油盒的蓋子固定在燃燒的蠟燭上。他只要把虱子丟進這個平底鍋，牠們就會劈啪一聲被解決了。

我們圍坐一圈，襯衫放在膝上，上半身裸露在溫暖的空氣中，兩手忙著幹活。海爾身上的虱子是特別品種，牠們頭上有紅色十字架。所以他認爲這些虱子應該是從圖爾豪特的戰地醫院帶回來的，而且是從少校軍醫本人那裡來的。這些慢慢在金屬蓋裡融化的虱子油，他要拿來擦靴子。這個笑話讓他足足狂笑了半小時。

然而，他今天的戰績不佳，因爲我們滿腦子都在想別的事。

謠言成真。西姆史托斯來了。他昨天出現了，我們已經聽到他熟悉的聲音。他在營區用翻耕田地那招整新兵整過頭，不知道區域政府首長的兒子也在其中，於是倒了大楣。

他在這裡肯定會大吃一驚。堤亞登討論了好幾個小時應付他的方法。海爾若有所思地看著自己的大手掌，對我瞇著一隻眼。那回痛毆西姆史托斯是他人生的頂點，他跟我說他現在偶爾還會夢見這件事。

克洛普和謬勒正在聊天。克洛普是唯一拿到一盤扁豆的人，他應該是從工兵伙房那裡弄來的。謬勒貪婪地斜眼看著，不過還是克制了自己想吃的慾望，他問：「亞伯特，如果現在和平突然到來，你想做什麼？」

「不會有這回事啦！」亞伯特簡短地說。

「我是說如果，」謬勒頑固地繼續追問，「到時候你想做什麼？」

「閃人啊！」克洛普嘀咕著。

「那是當然。然後呢？」

「喝個酩酊大醉。」亞伯特說。

「不要胡說八道，我是認眞的。」

「我也是認眞的，」亞伯特回答，「不然要做什麼？」

卡特對這個問題很有興趣。他要克洛普貢獻一些扁豆給他，拿到後，想了很久說：「喝個夠是可以，要不然就是搭下班火車回家找媽媽。天啊，和平啊，亞伯特……」

他從他的塑膠布皮夾裡翻出一張照片，驕傲地傳給大家看。「我老婆！」然後他把照片收起來咒罵：「可惡的戰爭混球！」

「罵得有理，」我說。「畢竟你有兒子和老婆。」

「對，」他點頭說，「我得想辦法讓他們有東西吃咧。」

我們笑了。「卡特，他們不會缺吃的。萬一眞沒東西吃，你去徵收就行了。」

謬勒肚子很餓，但還是不死心。他把海爾從揍人的夢裡叫醒。「海爾，如果現在和平到來，你想做什麼？」

「他應該會先狠狠地揍你一頓，誰叫你開始討論這件事，」我說，「你怎麼會想到要問這個？」

「你是說牛大便怎麼會跑到屋頂上嗎？①」謬勒簡潔地回答，轉向海爾．

①「牛大便怎麼會跑到屋頂上？」：此句為德國俗話，若有人問了一個笨問題時，給予的機智回答，比喻不可能的事總是會發生。

威斯特胡斯。顯然這問題對海爾來說太深奧了，他搖了一下長滿雀斑的頭：

「你是說沒有戰爭嗎？」

「沒錯。你還眞仔細聽。」

「這樣又會有女人了，對吧？」海爾舔舔嘴。

「也對。」

「天啊，」海爾說，他的臉都融了，「那我會找個身材健美的放蕩女，你知道的，就是十足的廚房潑婦，身材有料讓你想一把抓住，直接上床！想像一下，羽毛被加上彈簧床，孩子們，我將八天不穿內褲。」

所有的人都沉默不語。這情景太美妙了，大家不禁打了個哆嗦。謬勒打起精神問：「然後呢？」

一陣停頓。然後海爾面有難色說：「要是我當上士官的話，我會待在軍隊裡，然後投降。」

「海爾，你眞的瘋了。」我說。

他從容的回道：「你當過泥炭礦工嗎？你可以試試看。」

他一邊說一邊從皮靴筒裡抽出湯匙，伸到亞伯特的盤子裡。

「不會比在香檳區②挖戰壕還慘吧？」我回道。

海爾一邊嚼一邊奸笑：「但是時間比較長，而且沒辦法開溜。」

「可是，老兄，在家鄉比較好吧，海爾。」

「有好有壞。」他張著嘴，陷入沉思。

從他臉上表情可以看得出來他在想什麼。他在想簡陋的沼澤茅屋、在荒地上從早到晚頂著大太陽工作、低微的薪水和骯髒的工作服。

「和平時期待在軍隊其實無憂無慮，」他說，「你每天有東西吃，不然你可以大吵特吵，你有床可以睡，每個星期有乾淨的衣服，可以穿得跟情聖一樣，只要做好你士官的工作，就有很多好東西。而且晚上就是自由之身，還可以上上酒館。」

海爾得意洋洋，甚至迷戀自己的想法。「服務滿十二年，你就可以拿到退役證明，可以當鄉警整天閒逛。」

想到未來，他竟然流起汗來。「想想看，你會得到什麼招待。一會兒這裡有人請你喝白蘭地，一會兒那裡有人請你喝半升啤酒。每個人都想巴結鄉

---

②香檳區（Champagne）：法國地區名，此地區以盛產香檳酒而聞名。

警。」

「海爾，你永遠都不可能當上士官的。」卡特插話。海爾像被當頭棒喝般沉默不語。他現在滿腦子應該是秋高氣爽的傍晚、荒地上的星期天、村莊的鐘聲、和村姑共度的下午與夜晚、抹著厚厚豬油的蕎麥麵糊餅、在小酒店無憂無慮的閒聊時光……

這麼多幻想他一下子消化不完，所以只好惱羞成怒發牢騷：「誰叫你們問這麼愚蠢的問題！」

他從頭上套上襯衫，把軍服的鈕釦扣好。

「堤亞登，你想做什麼？」克洛普喊著問。

堤亞登只在乎一件事。「注意別讓西姆史托斯逃出我的手掌心。」

很顯然他一心一意只想把西姆史托斯關在籠子裡，每天拿棍子猛打。他興高采烈地對克洛普說：「我要是你，一定想盡辦法當上少尉。那就可以好好地修理他，把他整得屁滾尿流。」

「得特林，你呢？」謬勒繼續研究。他是天生的老師性格，一問問題就沒完沒了。

得特林平常話不多。不過這回他倒是回答了。他抬頭望望天空，只說了一個句子：「希望還可以趕上收穫的季節。」說完他便起身走了。

他正在擔憂，他老婆得一個人照料整個農莊。他們還牽走了兩匹馬上戰場。送來的報紙他每天看，只想知道他家鄉奧登堡地區有沒有下雨。他們還沒收割牧草咧。

就在這個時候，西姆史托斯出現了。他直接朝我們的方向走過來。堤亞登剎時變臉，他伸直身子躺在草地上，激動地閉上眼睛。

西姆史托斯有點猶豫不決，他的腳步愈來愈慢。然後他還是快步走到我們這裡，沒有人有站起來敬禮的意思，克洛普挑釁地看著他。

他站在我們面前等。因為沒有人說話，所以他先開口了：「怎麼樣了？」過了好幾分鐘，西姆史托斯有點不知所措。很顯然他非常想罰我們跑步，不過他已經知道前線不比兵營。他又試了一次，這回不再對著大家，而是只面對一個人，他認為這樣應該會比較容易得到答案。克洛普離他最近，這份殊榮當然就非他莫屬了。「原來你也在這裡啊？」

亞伯特跟他可沒交情。他簡短地回答：「我想應該來得比你久一點吧。」

紅色的鬍子顫抖著。「你們不認識我了啊？」

堤亞登突然睜開眼睛。「當然還認得。」

西姆史托斯轉向他：「這不是堤亞登嗎？」

堤亞登抬起頭。

「你知道你是什麼東西嗎？」

西姆史托斯張口結舌。「我們什麼時候開始用『你』稱呼對方了？③我們可沒有一起躺到公路邊的溝裡。」

因爲沒有料到會有人公開表露敵意，所以他完全不知如何應付這個狀況。不過一定有人跟他說過若在前線會從背後挨子彈的閒言言語，所以他步步爲營，小心爲上。

聽到西姆史托斯提到公路邊溝，堤亞登覺得好氣又好笑。

「沒有，當時只有你一個人躺在那裡。」

這時西姆史托斯也火冒三丈。但是堤亞登先下手爲強，他把想講的話都講出來。「你想知道你是什麼東西嗎？你是豬狗不如的畜生！我想罵你已經想很

③德語的你有Sie、du之分，Sie是一般稱呼別人的敬語用法，du用法則較親暱，一般是對家屬、親友、孩子使用，也作對上帝、諸神、死者、動物和事物的稱呼。此處堤亞登用你（du）來稱呼西姆史托斯，因此西姆史托斯聽到很驚訝。

久了。」當他說出豬狗不如這個詞時，眼神閃閃發亮，幾個月的怨氣終於得以發洩。

西姆史托斯也被惹毛了：「你這個狗雜種，骯髒的泥炭魔。你給我站起來，長官跟你說話時立正站好！」

堤亞登做了一個搞笑的手勢。「稍息，西姆史托斯。解散！」

西姆史托斯是個超注重軍隊規則的暴君，連眞正的皇帝都沒有他容易動怒。他尖聲大叫：「堤亞登，我用長官身份命令你站起來！」

「還有呢？」堤亞登問。

「你到底要不要服從命令？」

堤亞登輕鬆地回答，還不知不覺引用了著名的經典名句，同時他還轉身秀了一下屁股④。

西姆史托斯氣急敗壞地說：「你等著上軍事法庭吧！」

我們看見他朝辦公室的方向走，然後就消失了。

④此處是指堤亞登回了一句德國髒話，這句髒話是德國大作家歌德在其所編歌劇中所創作的經典台詞：「你可以舔我的屁股。」

海爾和堤亞登像泥炭工般豪邁狂笑。海爾笑得太用力，下巴突然脫臼，無助地張著嘴不動。亞伯特給了他一拳，讓他的下顎復位。

卡特憂心忡忡。「要是他跟上級報告，你就有得受了。」

「你覺得他會這麼做嗎？」堤亞登問。

「一定的。」我說。

「你最少會被罰五天嚴厲的禁閉。」卡特解釋道。

這可嚇不倒堤亞登。五天禁閉等於休息五天。

「要是他們送你上要塞呢？」富有研究精神的謬勒問。

「那戰爭對我來說就結束了。」

堤亞登是樂天的人，沒什麼好煩惱的。他和海爾和列爾一起離開，以免在別人氣頭上時被逮到。

謬勒還沒問完。他又繼續追問克洛普。「亞伯特，如果真的回到家了，你想做什麼呢？」

克洛普已經吃飽，所以也比較好說話。「我們班到時有多少人？」

我們開始計算：二十個人裡面死了七個，四個受傷，一個進了精神病院。

到時候最多有十二人。

「其中三個人當上少尉，」謬勒說。「你覺得他們還會吃坎托雷克那一套嗎？」

「我想不會。我們也不會讓他牽著鼻子走了。」

「你們覺得《威廉泰爾》的三段情節⑤如何？」克洛普一下子回想起從前，笑得跟打雷一樣大聲。

「哥廷根林苑派詩社⑥的目的是什麼？」謬勒也突然嚴肅地研究了起來。

「勃艮第王國卡爾公爵⑦有幾個孩子？」我慢條斯理的回答。

「包伊莫爾，你這輩子都成不了氣候。」謬勒尖聲尖氣地說。

---

⑤《威廉泰爾（Wilhelm Tell）》：德國作家席勒（Friedrich Schiller，1759-1805）的劇作，劇中有三段不同的故事情節。

⑥哥廷根林苑派詩社（Göttinger Hainbundes）：德國一個詩歌流派，作品多反對理性主義，崇尚幻想、友誼、熱愛自然、生活和國家。

⑦勃艮第王國卡爾公爵（Karl der Kühne，1433-1477）：勃艮第王國最後一位公爵，是法王路易十一世企圖統一法蘭西全境主要的對手，戰死沙場後，勃艮第王國由法國接管。

「北非的札馬戰役⑧發生於何時？」克洛普想知道。

「態度不夠嚴肅，克洛普，坐下，丙下。」我做手勢表示拒絕。

「來古格士⑨覺得國家最重要的任務是什麼？」謬勒低聲說，還假裝頂了一下夾鼻眼鏡。

「也就是說，『我們德意志人敬畏上帝，卻不怕世界上其他人？還是說我們德意志人……』⑩」我請大家深思。

「墨爾本⑪有多少人口？」謬勒吱吱喳喳地回答。

「這個都不知道，你們的人生還有什麼指望？」我憤慨地問亞伯特。

「物理學上的內聚力⑫指的是什麼？」現在他可趾高氣昂了。

---

⑧札馬（Zama）戰役：發生於公元前二〇二年，為羅馬人與迦太基人在北非札馬平原上展開對戰，最終由羅馬人獲勝。

⑨來古格士（Lykurgus，前700-前630）：古希臘斯巴達政治家，被認為是斯巴達政治改革、教育制度創始人。

⑩這句保羅是引用前德國宰相俾斯麥於一八八八年在國會大廈所作的演說內容。

⑪墨爾本（Melbourne）：澳洲城市，十九世紀後開始有大批德國人移民於此。

⑫內聚力：物理學名詞，指同一種物質，內部分子間相互吸引的力。

學校上的東西我們早已忘光，這些東西一點用都沒有。在學校沒人教我們下雨暴風時如何點菸，也沒有教怎麼用溼的木柴起火或者刺刀比較適合刺肚子，因爲刺肋骨的話會卡住。

謬勒若有所思的說：「這有什麼用。我們還不是要回到學校。」

我覺得這是不可能的事。「說不定我們還得考個特殊考試。」

「那你也得準備。就算你考過了又如何？當大學生也沒有好到哪裡去。沒有錢還是得啃書。」

「還是有稍微好一點。但是課堂上的東西還是胡說八道。」

克洛普說到我們的心坎裡：「待過前線的人怎麼可能把那些東西當回事？」

「但是總得有個工作吧。」謬勒提出反駁，好像他被坎托雷克附身了。

亞伯特用刀子剔指甲，我們很驚訝他這麼講究儀表。其實他這麼做不過是在思考。他把刀子移開，並且解釋說：「這就是重點。卡特、得特林和海爾可以回到原來的工作崗位，西姆史托斯也是，因爲他們之前就有工作了。我們沒有工作。這一切結束後——他朝前線做了個手勢——我們得去找一個工作來適應。」

「先領到退休金，以後才能自己住在樹林裡。」我說完馬上覺得不好意思。

「我們回去家鄉後，不知道會發生什麼事呢？」謬勒說，看來連他也著急起來了。

克洛普聳聳肩。「等我們回去就知道了。」

其實我們全都不知所措。「我們可以做什麼呢？」我問。

「我什麼都沒興趣，」克洛普疲倦地回答。「人都有死的一天，死了什麼都沒有，不是嗎？我想我們根本不會活著回去。」

「只要想到這個，亞伯特，」我過了一會兒才回答，然後翻個身仰臥繼續說，「說真的，當我聽到和平這個詞時，我想做的是意想不到的事，眞的，這個念頭一直在我腦海裡。你知道嗎？就是在這裡受折磨也值得追求的事。只是我現在實在想不出來，到底有什麼事是值得我去追求的。只要想到工作、唸書、薪水等等，我就覺得噁心想吐。這個疑問以前就出現過，而且令人厭惡。我什麼都找不到，我什麼都找不到，亞伯特。」

我突然覺得前途茫茫，一切都沒有希望。

克洛普也開始思考。看來我們的未來會很艱辛。難道在家鄉的人不會因爲這個原因擔心嗎？畢竟兩年發射子彈和丟手榴彈的經歷，不是像脫襪子一樣，隨便脫掉就算了。

我們一致認爲每個人的處境差不多，只是程度不同罷了，不管是在這裡的人，還是其他在相同處境的人。這是我們這一代共同的命運。

亞伯特說出重點。「這個戰爭把我們毀了。」

他說的沒錯。我們不再是青年了，我們不再想征服這個世界。我們是逃兵，逃離了自己，逃離了自己的生活。當時我們十八歲，才打算開始熱愛這個世界和生命，卻被迫朝著它開槍。那第一個打來的榴彈，炸掉的是我們的心。我們和行動力、積極向上和進步已經絕緣。我們不再相信這些了，只能相信戰爭。

辦公室突然熱鬧了起來。看來西姆史托斯已經告到那裡去了。走在縱隊最前面的是個肥胖的上士。奇怪的是，幾乎所有的上士身材都胖胖的。

跟在他後面的是一心想報仇的西姆史托斯。他的靴子在陽光下閃閃發亮。

我們起立。上士高聲嚷嚷：「堤亞登在哪裡？」

當然沒有人知道他在哪。西姆史托斯惡毒地瞪著我們。

「你們一定知道，只是不想說吧。還不快給我招來。」

上士東張西望，沒看到堤亞登。他用另一個方法：「叫堤亞登十分鐘後來辦公室報到。」他說完就走了，西姆史托斯緊緊跟在他後面。

「我有預感，下次挖戰壕時會有鐵絲網圈掉在西姆史托思腿上。」克洛普說。

「我們還有很多機會好好玩弄他咧。」謬勒笑著說。我們積極努力的目標就是頂撞某個郵差的意見。

我回到兵營通知堤亞登，好讓他早早閃人。然後我們換了地方躺在一起以便繼續玩牌。有三件事是我們會的：玩牌、咒罵、打仗。對二十歲的人來說，這幾樣能力不算多。但對僅僅二十歲的人來說，這幾樣能力卻已經太多了。

半小時後，西姆史托斯又出現在我們這裡。沒有人理他。他問堤亞登人在哪裡。我們聳聳肩。

「你們應該找他。」他咬牙切齒地說。

「什麼你們啊？」克洛普問。

「就是你們這裡這幾個。」

「我要請你使用敬語。⑬」克洛普說話儼然一副上校樣。

西姆史托斯彷彿從雲端上掉下來。「誰沒用敬語了？」

「就是你！」

「我嗎？」

「是的。」

他苦思不解，疑惑著斜眼看著克洛普，被他給弄糊塗了，但畢竟西姆史托斯在剛剛有說敬語這點上還是不敢完全相信自己、否定我們。「你們沒找到他嗎？」

克洛普躺到草地上說：「你以前到過前線嗎？」

「這不關你的事，」西姆史托斯斬釘截鐵地說。「我要答案。」

「遵命，」克洛普起身繼續說，「你看那裡有小雲朵的地方。那是大炮的煙。我們昨天人就在那裡。五死八傷。那戰鬥的規模還只能算是個玩笑而已。下次你上前線時，士兵在死前會先跑到你面前，身子挺直，用鏗鏘有力的聲音

⑬此處是克洛普是故意強詞奪理，想把西姆史托斯搞糊塗。其實西姆史托斯第一次問話已經是使用敬語。

問你：「請問我們可以解散了嗎？請問我們可以掛了嗎！像你這樣的人我們已經等候多時了！」

他隨後坐下。西姆史托斯像彗星一樣消失得無影無蹤。

「三天禁閉。」卡特猜測說。

「下次輪到我了。」我對亞伯特說。

不過可以當面回嘴的機會就此結束了，因爲晚點名時，我們被叫去審訊。我們的少尉貝廷克坐在辦公室裡，把我們一個個叫進去問話。

我也以證人身份進去說明堤亞登抗命的原因。尿床事件似乎是個引爆點。後來西姆史托斯被叫進去，我重複說明我的證詞。

「是這樣嗎？」貝廷克問西姆史托斯。

一開始他還拐彎抹角。後來克洛普也這麼說，他只好承認了。

「爲什麼事發當時沒有人報告這件事？」貝廷克問。

我們一言不發。他自己心知肚明，在軍中抱怨這種芝麻蒜皮的小事沒什麼效果。更何況軍中還有什麼可以申訴的嗎？他大概也知道這種情形，所以先訓了西姆史托斯一頓，跟他說前線跟後方的兵營是不一樣的。接著堤亞登也挨了一頓罵，而且還更嚴厲，被罰三天普通禁閉。然後貝廷克對克洛普眨眨眼睛，罰他一天禁閉。

「沒辦法。」他同情地對克洛普說。他是個理性的傢伙。普通禁閉其實還算舒服。禁閉的地點以前是個雞舍。那裡他們兩個人都能會客，我們也知道怎麼去。重度禁閉則是在地下室，以前我們還被綁在樹上過。現在軍中已經禁止這麼做。從某些角度來看，我們現在比較被當人看了。

堤亞登和克洛普被關到鐵籠後一小時，我們便上路去探望他們。堤亞登發出雞啼聲歡迎我們。然後我們就打斯卡特牌打到夜裡。贏牌的人當然是堤亞登這個可憐的蠢蛋。

要離開時卡特問我：「你覺得烤鵝怎麼樣？」

「很不錯啊。」我覺得。

我們爬上一輛彈藥車上，搭車費是兩根香菸。卡特已經記得詳細地點。鵝棚屬於某個團司令部。我決定去抓鵝，卡特指點了我方法。鵝棚在牆後面，只有門閂拴著。

卡特朝著我伸出雙手，我用一隻腳踩在上面翻過牆。卡特在下面把風。

我站在那裡好幾分鐘，好讓眼睛適應黑暗的環境。然後我認出鵝棚，躡手躡腳地走過去，把門閂拉開打開門。

我看見兩團白色的東西。兩隻鵝。這下慘了，如果抓了一隻鵝，另一隻馬上就會呱呱叫。但我動作如果夠快，應該可以一次抓兩隻鵝。

我縱身一跳，馬上抓到一隻，過了一會又抓到第二隻。我瘋狂地抓住鵝的頭去撞牆，想打昏牠們。但一定是我的力道不夠大，兩隻鵝竟發出清喉嚨的聲音，腳和翅膀還不停掙扎亂踢。我氣呼呼地搏鬥，但是，可惡，鵝的力氣還不是普通的大！他們死拖著我，我就跟著東倒西歪跌跌撞撞。黑暗中這兩團白色的東西看起來很恐怖，我的手好像長了翅膀一樣，就像手裡抓著熱氣球一樣，我幾乎開始害怕自己會飛上天。

緊接著還有可怕的噪音，其中一隻鵝吸了口氣，像鬧鐘般大叫起來。才一會兒時間，外面有東西跑進來撞到我，我倒在地上，聽到狂吠的狗叫聲。是狗！

我往旁邊一看，牠已經朝著我的脖子撲過來，我馬上靜靜地躺著，把下巴縮進領子裡。

那是隻德國獒犬。過了很久，牠才把頭收回去在我身邊坐下。只要我稍微一動，牠馬上又開始狂吠。我考慮再三，唯一的辦法就是拿到我的手槍。一定得在有人出現前離開這裡。我把手一公分一公分地伸出去。

彷彿過了好幾個小時，每回輕輕動一下就會引來危險的狗吠聲。靜靜躺下，重來。當我的手碰到槍時，手竟然開始發抖。我把手壓在地上，心裡盤算著等下該怎麼做：拔槍、在牠撲過來前開槍、開溜。

我慢慢呼吸，等心裡平靜了些後吸了一口氣，快速舉起手槍，砰的一聲，狗狂吠著跳到另一邊，我衝向鵝棚門口方向，卻被一隻逃跑的鵝絆倒。

我飛奔過去逮住牠，一口氣把牠甩到牆外，自己也趕緊爬牆。我人還沒爬上去，那隻獒犬已經恢復元氣朝我撲過來。我快速翻身跳下，卡特就站在離我十步遠的地方，手裡還抓著鵝。他一看見我，我們就馬上開溜。

我們終於可以喘口氣了。鵝已死，卡特沒幾秒就把牠解決了。我們想馬上把牠烤熟，才不會留下證據。我從兵營拿了鍋子和木柴，爬進一個小小的廢棄倉庫，那地方最適合做這種事了。它唯一的窗戶被遮蔽得很隱密，還有一個一個類似爐灶的地方，其實就是幾塊磚頭上有個鐵的平台。我們生火準備。

卡特把鵝毛拔掉做準備。我們小心地把鵝毛放在一旁，因爲我們想做兩個小枕頭，上面題字：「在猛烈的炮火中溫柔安息吧！」

前線的炮火在我們的避風港周圍轟隆作響。火光照在我們臉上，影子也在牆上飛舞。偶爾，我們可以聽見低沉的爆炸聲，這時整個小倉庫都開始搖晃。是飛機投下的炸彈。有一回我們還聽見輕微的尖叫聲，看來有營區被炸了。

飛機嗡嗡作響，機關槍噠噠的聲音愈來愈大。但我們這裡完全不透光，不會被人看見。

卡特和我面對面坐著，兩個穿著破舊衣服的士兵三更半夜烤著一隻鵝。我們沒有多說話，但是我想我們關心對方的程度可能比戀人還深。我們是兩個人，兩個渺小的生命火花，外面是黑夜和死神的轄區。我們坐在他們邊緣，既危險又安全。我們手上滴著鵝油，彼此的心距離很近。此刻的氣氛就和這個空間一樣：溫柔的火光映照著我們，我們的感覺也和光影一樣搖擺不定。他知道我什麼？我又知道他什麼？以前我們可能不會有相似的思想，但現在的我們，一起坐在這裡烤鵝，感覺彼此的存在如此接近，近到不用再多開口了。

雖然鵝又嫩又肥，烤一隻鵝還是要花很多時間。我們輪流烤，一個人負責塗油，另一個就可以睡一下。漸漸地，令人垂涎三尺的香味飄了過來。

外面的聲音愈來愈模糊，我開始做夢，但並沒有失去記憶。我半睡半醒的時看見卡特把湯匙舉起放下，我喜歡他，喜歡他的肩膀和他有稜有角輕微駝背的身形。此時我也看見他身後的樹林和星星，聽到清楚的嗓音說著讓我心情平靜的話語。我是個穿著大大的靴子、綁著腰帶、帶著乾糧袋在前方路上走著的士兵。在高高的天空下雖然顯得很渺小，但我很少傷感，很快就可以遺忘一切，只想在廣闊的夜空裡不停地走下去。

小小士兵和清楚的嗓音。如果有人想撫摸他，他不一定會懂，因爲他的內心已被掩蓋。這個穿著大靴的士兵只知不停地向前走，因爲穿著靴子，他只好不停地向前走，除了向前走，他也什麼都不記得了。地平線上花開遍野的風光如此寧靜，難道這個士兵不想哭嗎？那些經歷他並沒有失去過，是因爲他根本從未擁有過嗎？這些經歷難以捉摸，卻已成爲過往？他二十年的青春不就在那裡嗎？

我的臉溼了嗎？我人在哪裡？卡特在我前面，他巨大微駝的影子像家鄉一樣蓋在我身上。他微笑著輕聲說話，走回火堆旁。

隨後他說：「鵝好了。」

「知道了，卡特。」

我抖抖身子，屋子中央金黃色的烤鵝閃閃發光。我們拿出折疊刀叉，一人切下一隻腿，配上沾了醬汁的部隊麵包吃。我們吃得很慢，完全是在享受。

「卡特，好吃嗎？」

「很好吃。你覺得呢?」

「好吃,卡特。」

我們跟兄弟一樣,總給對方最好的部位。吃完我抽了根菸,卡特則抽雪茄。肉還剩下很多。

「卡特,要不要帶一些給堤亞登和克洛普吃?」

「就這麼辦。」他說。我們切了一份鵝肉,小心地用報紙包好。剩下的我們本來是想帶回兵營,但是卡特大笑說:「堤亞登。」

我知道他的意思。我們得把剩下的全帶去。後來我們就出發前往雞舍找他們,之前還先把鵝毛打包好。

克洛普和堤亞登本來以爲看到海市蜃樓,後來吃肉咬得牙齒嘎嘎響。堤亞登兩隻手拿了一隻鵝翅啃,樣子好像在吹口琴。他把鍋底的油吸得一乾二淨,還發出嘖嘖的聲音。「我永遠都不會忘記你們!」

我們朝營房走。此時高高的天空掛滿了星星,晨光已經微亮。我這個穿著大靴子吃得飽飽的士兵,在天空下走著,這個渺小的士兵在清晨裡走著——不過,走在我身旁的卻是微駝的、有稜有角的卡特,我的伙伴。

黯淡晨光中,營房的輪廓已經映入眼簾,好像是個黑色的甜美夢鄉。

chapter 6

第6章

大家私底下議論紛紛，聽說馬上就要發動進攻了。我們比平時早了兩天上前線，途中還經過一個被炮火摧殘的學校。學校側面放了兩排嶄新、淡色未經拋光的棺材，好像一座高牆。這些棺材散發出樹脂、松木和森林的味道，數量將近有一百個。

「這次進攻行動準備得眞充分啊。」謬勒吃驚地說。

「這是給我們用的啊。」得特林發牢騷說。

「別胡說八道！」卡特責備他。

「如果眞有棺材可以用，恐怕還得偷笑咧，」堤亞登奸笑著說，「等著看吧！他們到時候只會把你被打得像人像靶一樣的身體用帆布包一包啦！」

其他人也開起玩笑來，而且還是讓人聽了會不爽快的玩笑，沒辦法，我們還能做什麼。那些棺材真的是爲我們準備的，這種事情軍隊辦起來就特別有效率。

前面到處鬧烘烘的。第一天夜裡我們試圖辨認方向，由於周圍十分安靜，我們可以清楚地聽見對方前線後面的運輸來來往往的聲音，那聲音一直持續到清晨。卡特說，那些車不是往回開，而是運來部隊、彈藥和大炮。

我們馬上就聽見英國的炮兵得到支援了。穀倉右邊至少增加了四個炮兵連二十點五口徑的大炮，殘餘的白楊樹墩後方還有短程迫擊炮。除此之外，還增加了一堆恐怖的法國製的小東西，上面裝有爆炸引信。

我們的情緒低落。在掩護壕裡待了兩小時後，我方炮兵發射的炮彈竟然掉到壕裡。四個星期來，這個烏龍已經發生過三次。要是這是因爲瞄準失誤的話，沒有人會講什麼。但是眞正的原因是大炮炮管老舊，發射時會散射到我們的陣地裡。我們的大炮射擊時非常不安全，今晚就有兩個人因此受傷。

前線就跟鳥籠一樣，在裡面的人得緊張地等待將發生的事。我們躺在榴彈射程範圍內，生活在未知的緊張裡。偶然性決定了我們的命運。炮彈飛過來時，我可以彎身躲避，除此之外什麼也不能做。炮彈會落在哪裡，我既無法預知，也沒辦法影響。

這種偶然性讓我們的態度變得不痛不癢。幾個月前我在一個掩護壕裡玩斯卡特牌，玩了一會兒，我站起來要到另一個掩護壕看朋友。回來時卻發現第一個掩護壕已經被重炮炸得不見蹤影，只好到第二個掩護壕，沒想到剛好趕上幫忙挖開被埋掉的掩護壕，原來這個掩護壕一瞬間就被泥土淹沒了。

雖然我僥倖活了下來，但我也可能不巧被炮彈射中。即使是在掩護壕裡，也有可能被炸得粉身碎骨，同理，在沒有掩護的野外，也有可能躲過猛烈的炮火轟擊十小時存活下來。每個士兵都是經歷好幾千個偶然才得以活命，每個士兵都相信、也信賴運氣。

我們得注意麵包存糧。戰壕狀況不好，最近老鼠繁衍得很厲害。得特林說這鐵定是厄運將臨的預兆。

這裡的老鼠又肥又大，所以特別噁心。此品種被稱爲吃屍體的老鼠。牠們的面部醜陋、惡毒又無毛。只要看到牠光溜溜的長尾巴，就足以令人作嘔。

牠們似乎很餓，幾乎每個人的麵包都被咬過。克洛普把麵包用帆布包好放在頭下面，不過他因此無法好好睡覺，因爲老鼠會爬過他的臉想辦法咬麵包。得特林想了個好方法，他在天花板上綁了一條細鐵絲，把麵包掛在鐵絲上。不過當他夜裡拿著手電筒照明時，竟發現鐵絲晃來晃去，還有一隻肥老鼠騎在麵包上咧。

後來我們找到結束這個僵局的辦法。被老鼠咬過的麵包，我們就小心翼翼切下被咬過的部分。不能把麵包丟了，因爲這樣隔天就沒東西吃了。我們把切下的麵包集中放在地板中間，每個人拿出自己的鐵鍬，躺在地上，準備圍攻。得特林、克洛普和卡特拿著手電筒準備好。

幾分鐘後，我們聽見老鼠吱吱叫聲，聲音愈來愈大，接著出現很多小腳。緊接著手電筒像閃電般照在那團黑壓壓的東西上，所有人使勁猛打，黑色東西吱吱叫著四處竄逃。戰績還算不錯。我們把老鼠殘骸鏟到壕溝外，繼續守候。後來又成功地打死好幾批老鼠，老鼠可能察覺到狀況不對勁，也許是聞到血腥味，所以就沒有再出現了。雖然如此，隔天放在地上的麵包屑後來還是被牠們拖走了。

在其他戰壕裡，老鼠還攻擊了兩隻貓和一隻狗，把牠們咬死後啃光光。

隔天部隊分發埃德姆起司①，每個人分到四分之一塊。照理說這是好事，

①埃德姆起司（Edamer Käse）：一種味淡色黃的荷蘭奶酪，被壓縮成球狀，外面常塗有紅蠟。

因爲埃德姆起司很好吃。但是對我們來說，這些紅色蠟封的圓形起司也是大禍臨頭的預兆。後來還分發烈酒，使我們不祥的預感愈來愈強。我們暫且把烈酒喝了，但心裡還是很不自在。

白天我們比賽用槍打老鼠，到處閒逛。彈匣和手榴彈的存量也比較充足了。我們親自檢查刺刀。有種刺刀鈍的那面有鋸齒，要是拿這種刺刀的被對面的人逮到，肯定會沒命。隔壁戰壕就被找到幾個死的士兵，被這種鋸刀割去鼻子，挖出眼睛。對方還在這些士兵的嘴巴和鼻子裡塞滿鋸屑，使他們窒息而死。

有些新兵還拿類似的刺刀，我們把它們拆掉換成別的。

刺刀其實已經沒什麼意義。現在流行的進攻方式是手榴彈和鐵鍬。鐵鍬磨得鋒利，是輕便又多用途的武器，不只可以用來戳下巴以下的部位，也可以用來打擊。它的打擊力非常強大，尤其是斜斜對著肩膀和脖子之間的地方打時，輕而易舉就可以把胸部劈成兩半。用刺刀常常會卡住，還得用力踹開對手的肚子，這時自己反而很容易被刺到，而且刺刀有時還會用到一半就斷了。

夜裡他們要施放毒氣，我們料到他們會來這招，所以戴著防毒面具躺著等。只要第一個人影出現，我們就出動。

天色漸亮，但什麼事都沒發生。然而對面火車、卡車車輪滾動來來回回的聲音實在令人神經緊張，他們到底在集中什麼東西？我們的炮兵連不停對著他們開炮，但是他們還是沒有停止運送，怎麼樣也不停止。

我們面有倦容，避免相互對視。「這回可能會像索姆河戰役②一樣。當時我們七天七夜遭猛烈的連環炮火攻擊。」卡特抑鬱地說。從我們在這裡以來，他就沒有說過任何笑話。這實在是不祥之兆，因爲卡特身經百戰，嗅覺靈敏。只有提亞登很高興領到蘭姆酒。他甚至認爲不會發生什麼事，我們會平安回去。

現在情形看來也的確是這樣。日子一天天過去。我夜裡坐在觀察哨的洞裡，上方火箭和照明傘升空又降落。既小心又緊張，心跳加速。我不時看著手錶會發光的指針，但是指針看起來好像不願意往前走。眼皮沉重很想睡覺，只好活動靴子裡的腳趾保持清醒。到有人來換手時，什麼事都沒發生——除了車

②索姆河（Somme）戰役：索姆河戰役是第一次世界大戰中規模最大的一次會戰，共傷亡一百三十萬人，時間發生於一九一六年七月一日到十一月十八日間，英、法兩國為了突破德軍防禦並將其擊退到法德邊境，而在法國北方的索姆河區域進行作戰。

輪滾動的聲音。我們的心情逐漸平靜下來，不停地玩思卡特牌和冒歐爾紙牌遊戲③。也許我們的運氣會不錯。

白天時天空掛滿了偵查熱氣球。聽說對方這回進攻也派了坦克車和步兵用飛機。不過，跟上次傳聞的火焰噴射器比起來，這回的傳聞我們比較不感興趣。

我們半夜驚醒，大地轟隆作響。由於上面炮火猛烈，我們只好蜷縮在角落。我們可以分辨各種口徑的炮彈。

每個人都緊緊抓著自己的東西，無時無刻確認東西還在。掩護壕顫動著，黑夜在咆哮，閃著亮光。我們在稍縱即逝的亮光中對望，臉色蒼白，雙唇緊閉地搖著頭。

每個人都可以感覺到猛烈的炮火正在摧毀戰壕的護牆，把戰壕斜坡翻起。上面的混凝土塊也被炸成碎片。戰壕被擊中時，就會震動得更急促更窒悶，彷彿被怒吼的野獸用前爪撲擊一樣。早上有幾個新兵臉色發青，嘔吐不停。他們

③冒歐爾紙牌遊戲（Mauscheln）：德國的一種紙牌遊戲。

眞的沒什麼經驗。

灰濛濛的光線慢慢地令人厭惡地流入坑道，炮彈爆炸發出的閃光也變得慘淡。清晨已經到來，地雷也加入炮火轟擊，那種震盪程度是前所未有的強烈，掃過的地帶馬上就會變成萬人塚。

換防的人出去了，換下的觀察員踉踉蹌蹌走進來，滿身髒污，不停顫抖。其中一個癱了下來，一言不發地坐在角落吃東西，另一個是啜泣著的後備兵，這傢伙被爆炸造成的壓力拋出護牆外兩次，除了神經性休克外，沒受什麼傷。

新兵們都看著他，我們得格外注意，因爲這種情緒傳染得很快，已經有好幾隻菜鳥的嘴唇開始顫抖了。還好已經白天了，上午可能我方要進攻了。

炮火絲毫沒有減弱的跡象，而且連我們後方都遭受攻擊，視線所及可見塵土和鐵片到處飛濺，被摧殘的地區很廣。

我方並沒有發動進攻，爆炸不斷持續著。我們都快聾了，此時沒有人說話，就算有人說話，恐怕也聽不見。

我們的戰壕幾乎快毀了。有些地段被打得千瘡百孔只剩半米高，到處都是散亂的土堆。一顆榴彈正好我們的坑道前爆炸，頓時天昏地暗，我們被埋在土堆裡，還得自己挖開戰壕。一個小時後，入口處又通了。因爲有事情做，我們反而變得比較鎮靜。

我們的連長爬了進來，報告兩個戰壕全毀的消息。新兵一見他就平靜了下來。他說今天晚上會想辦法弄點吃的過來。

這眞是個令人安慰的消息。除了堤亞登，根本沒人想到吃的。這消息讓我們覺得又離外面的世界近了一點。菜鳥們心想，如果可以送吃的東西進來，情況就沒有想像中的糟。我們沒有點破他們，因爲我們心知肚明，食物和彈藥一樣重要，無論如何都得運過來。

但是，計畫失敗了。第二批人也無功而返。最後連卡特都跟出去了，他也無法達成使命。沒有人可以穿過如此猛烈密集的炮火，這種密集的程度就連狗尾巴都穿不過去。

我們把褲帶勒得更緊，每一口食物都花三倍的時間吃。儘管如此，存糧還是不夠，我們仍然餓得跟狗一樣。我還有一塊麵包，我先把軟的部分吃掉，硬邊留在袋子裡，偶爾啃一啃。

黑夜令人難以忍受。我們沒辦法睡覺，只能兩眼發直打瞌睡。堤亞登開始後悔，我們之前把老鼠咬過的麵包當誘餌太浪費，應該把那些麵包保存下來，現在這種狀況至少能吃。我們也缺水，不過缺水狀況還不至於太嚴重。

接近早晨天色還暗時，突然一陣騷動。一大群竄逃的老鼠衝進入口處，拼命往牆上爬。手電筒把這個混亂的場面照得一清二楚。所有人都在狂叫、逃亡、亂打一通。這幾個小時來的憤怒和不安，終於有了發洩的方式。大家的臉部扭曲，手忙著亂打，老鼠吱吱叫著。我們好不容易才停下來，還差點發生自己人打自己人的狀況。

這個突發狀況把我們弄得精疲力竭。我們再次躺下等待。我方的掩護壕還沒有損傷簡直是奇蹟，這是少數僅存的深坑道。

有個下士帶了麵包爬了進來。有三個人幸運地在夜裡穿過炮火，帶了一點食物。他們說炮火完全沒有減弱的跡象，而且範圍深及我們的炮兵陣地。讓人不解的是，對方怎能有這麼多彈藥。

我們除了等待還是只能等待。中午時，我預料中的事情發生了——有個我已經觀察他很久的新兵發作了，他不安的咬牙切齒，手緊緊握拳不放。那種被追殺而瞪大的眼睛，我們見多了。這幾個鐘頭他表面上看起來安靜許多，實際上卻像棵腐朽的樹倒下崩潰了。

現在他站了起來，偷偷爬了一小段路，停下一會，又往出口方向溜。我擋住他的去路問：「你要去哪？」

「我馬上回來，」他想從我身邊過去。「再等一會吧。炮火就要變弱了。」

他認真聽著，眼神一下子亮起來，然後他眼神突然變得混濁，像瘋狗一樣，一句話也沒說，把我推開。「等一下，弟兄！」我大叫。

卡特注意到狀況不對。新兵推擠我時，他便出手幫忙，我們兩人緊緊抓住他。

他馬上開始抓狂：「放開我，我要出去，我要離開這裡！」

他完全不聽勸，只顧著拳打腳踢。他滿口唾液，不停喃喃自語，說些沒人聽得懂的話。這是掩護壕恐懼症發作的症狀，他覺得待在這裡快窒息了，於是只有一個念頭：出去。如果讓他出去，他只會在完全沒有掩護的狀況下到處亂跑。出現這種症狀的人，也不是只有他一個了。

由於他已經開始翻白眼，野性大發，除了把他打醒別無他計。我們動作迅速，毫不留情，所以他又安靜地坐了下來。其他人看到這種情形，已經臉色發白。希望這個舉動多少有點嚇阻作用。對這群可憐鬼來說，這場炮火實在太超過了，他們才剛從新兵訓練中心出來，馬上就陷入這種混亂的局面。同樣的情形讓老兵遇見了，恐怕也是一夜變白髮啊。

發生這起事件後，這裡的窒悶空氣更令人抓狂。我們坐在戰壕裡，好像只等著被掩埋。剎那間，一聲巨響，火光閃閃，掩護壕中彈了。所有接縫處都喀啦喀啦作響，還好只是輕型炮彈，混凝土還撐得住。牆壁搖來晃去，只聽見金屬般格格作響的恐怖聲音。步槍、頭盔、泥土、髒污和灰塵到處亂飛。硫磺濃煙滲透進來。如果我們待的地方是新建的輕便戰壕，不像這裡這麼堅固的話，恐怕早就沒命了。

儘管如此，中彈的結果還是很慘。剛才那個新兵又開始抓狂，還有另外兩個跟著一起鬧。其中一人拔腿跑了出去。我們忙著阻止另外兩個。我趕緊衝向其中一個要逃走的人，考慮是否應該開槍打他的腿。這時突然傳來呼嘯聲，我急忙臥倒。當我站起來時，戰壕牆上已經布滿炙熱的彈片、碎肉和制服碎片。我又爬了回去。

第一個發作的傢伙好像眞的瘋了。只要一放開他，他就像公羊一樣用頭去撞壁。我們夜裡得想辦法把他帶到後方，只能暫時把他綁住，而且要綁得被攻擊時又能馬上把他鬆綁。

卡特提議玩斯卡特牌，我們還能做什麼呢？說不定玩牌心情會輕鬆點。不過這似乎行不通，因爲我們玩牌時仔細傾聽近距離的攻擊，不是算錯牌就是看錯花色，於是最後還是放棄了。我們就像坐在一個發出轟隆巨響的鍋爐上，四面八方都有炮轟攻擊。

又過了一夜。我們這時候心情緊張到有點麻木。這種致命的緊張就像有缺口的小刀沿著我們的脊椎刮著。雙腿不能動彈，雙手顫抖，身體只剩一層薄薄的皮膚覆蓋著被壓抑的發瘋狀態，覆蓋著即將肆無忌憚爆發的無盡怒吼。我們沒有血肉，也沒有肌肉。因爲害怕發生無法預知的事，我們已經無法相互對視。只能咬緊牙關心想——會過去的，會過去的——也許我們會安然無事。

近距離的爆炸突然停止了。雖然炮火仍然持續，不過位置已經稍微後退，戰壕沒事了，我們抓了手榴彈，往掩護壕前面丟，接著跳了出去。密集的炮轟停止了，取而代之的是我們後方的掩護炮火。開始進攻了。

沒有人會相信，在這個炸得坑坑巴巴的荒漠裡還有人。戰壕裡到處冒出鋼盔，距離五十米處已架好機關槍，劈里啪啦開炮了。

鐵絲網被打得破爛不堪，不過多少仍有阻礙作用。我們看見衝鋒部隊過來了。我方炮兵連開始開炮，機關槍和手榴彈噠噠作響。敵方愈來愈近。海爾和克洛普開始丟手榴彈，他們竭盡所能丟得很快。我們把手榴彈上的引爆線拉開遞給他們。海爾能丟六十米，克洛普可以丟五十米。這都是試驗過的，而且非常重要。如此一來，敵軍除了跑，無法採取任何行動。他們得跑進三十米的範圍才有可能有其他動作。

我們認得出那些扭曲的臉孔和扁扁的頭盔，是法國人。他們抵達殘餘的鐵絲網處時，明顯已經有傷亡損失。一整列人都被我們旁邊的機關槍掃中倒地。後來我們的機關槍裝填出了好幾次問題，他們才愈來愈近。

我看見他們其中一人跌到拒馬上，他的臉高高抬起，身體往下倒，手掛在上面好像要祈禱的樣子。後來他的身體整個不見了，只剩下被子彈掃爛的雙手和殘留的胳臂還掛在鐵絲網上。

要撤退時，地面突然有三張臉抬了起來。其中一個頭盔下面出現深色的山羊鬍和兩隻直接瞪著我看的眼睛。我把手舉起來，卻無法把手中的手榴彈丟向這兩隻特別的眼睛。在瘋狂的一瞬間裡，我周圍的整場戰役活像馬戲團一樣飛快旋轉，唯獨那兩隻眼睛不會動。稍後那個頭突然伸出來，一隻手加一個動作，我的手榴彈已經擲出，飛了進去。

我們往回跑，把拒馬拉回戰壕，將拉開引爆線的手榴彈往身後丟，好在炮火的掩護下撤退。機關槍已經在下一個陣地開火了。

我們個個成了危險的野獸，這並不是在戰鬥，而是保護自己不被消滅。並不是拿手榴彈去對付人，事實上我們根本不知道人長什麼樣子了。在那裡的是死神，他舉著手戴著頭盔追著我們，我們等了三天才看清楚他的面貌，我們等了三天才第一次有機會對抗他，我們的憤怒已近瘋狂，我們不再只是無力地在絞刑架上躺著等，我們可以破壞、殺戮，可以拯救自己，可以復仇。

我們蜷伏在每個角落後，蜷伏在每個鐵絲網後，我們奔跑前把整捆炸藥丟到迎面而來的敵人腳邊。手榴彈的爆炸聲響震動著我們的胳臂和腿，我們像貓一樣蜷縮著身體奔跑。我們被這種戰鬥情緒淹沒了，它是支撐我們的力量，它讓我們變得殘酷，更把我們變成擋路的強盜，變成殺人兇手，甚至是惡魔。就是這種情緒，讓我們的恐懼、憤怒及求生意志增強了好幾倍，它帶我們尋求逃生之路，帶著我們戰鬥。這種時候，就算你的父親跟敵軍一起走過來，你也會毫不猶豫地把手榴彈往他胸前丟去。

我們棄守前面的戰壕。那還稱得上是戰壕嗎？它們早被射得千瘡百孔，幾乎全毀，只剩下幾段零星的和由通道和彈孔連接起來的溝通和坑洞，其他的什麼都沒有。然而敵軍的傷亡人數愈來愈多，他們沒有料到我們會如此頑強抵抗。

時候將近中午。太陽火傘高張，汗水刺得眼睛好痛，我們用袖子擦拭汗水，有時還帶著血。第一個狀況還可以的戰壕映入眼簾，裡頭已經有部隊駐紮，正在準備反擊，讓我們進入後，炮兵開始猛烈轟擊，擋住敵軍的進攻。

後方的士兵無法前進，因爲敵方的進攻腳步已被我方炮兵擋下，我們暫時等待。炮火向前延伸了百米，我們再度往前衝。我旁邊有個二等兵腦袋被轟了下來，鮮血像噴泉一樣從頸部噴出，他還跑了好幾步才倒下。

還不到肉搏短兵相接的時候，敵方必須後退。於是我們經過之前的戰壕，繼續前進。

天啊，這該死的掉頭！我們都已經抵達安全的後備陣地，只想鑽進去消失算了——結果卻得回頭重回恐怖的地方。要不是在那個時刻我們只是個機器人，恐怕會選擇疲累無力地躺在地上。但是我們被迫前進，毫無意志卻無比瘋狂憤怒。因爲我們的敵人就在前方，所以我們要殺戮。他們的步槍和手榴彈對著我們瞄準，我們不消滅他們，他們就會消滅我們！

這褐色的土地，這塊在太陽下閃著油光、四分五裂、支離破碎的土地，就是這些昏庸不知疲倦的機器人行動的場景，我們喘息的聲音如同發條一般格格作響，我們嘴唇乾燥，腦袋比灌了一整夜酒後還混亂——我們跌跌撞撞地往前走，千瘡百孔的靈魂裡只有一副景象：閃著陽光的褐色土地上佈滿了抽搐垂死的士兵，他們躺在那裡，彷彿他們非得這麼做不可。我們跳過他們身體時，他們抓住我們的腿哭喊。這景象硬生生地鑽進了靈魂，使我們痛苦不堪。

我們對人的感覺頓失，幾乎不在乎別人。我們偵測四周時看到別人的形象時，連自己都不認識自己了。我們像是沒有感覺的死人，靠著危險的魔法伎倆，還能奔跑和殺戮。

有個年輕的法國士兵沒跟上隊伍，我們追上他時，他兩手舉起，其中一手還握著手槍——看不出來他想開槍還是想投降——一鍬揮下去，他的臉已被劈成兩半。另一個士兵見狀想逃跑，卻被刺刀唏的一聲戳中背部。他跳起來，手臂張開，嘴巴大張哀嚎。他跌跌撞撞地跑開時，背上的刺刀還在顫動著。第三個士兵把武器丟掉，蹲下雙手搗住眼睛。於是他跟其他的戰俘留下來運送傷兵。

突然間，追擊敵人時，我們竟然衝進了敵人的陣地。

我們緊跟著撤退的敵人，幾乎同時抵達。正因如此，我方傷亡狀況不嚴重。敵方的機關槍噠噠瘋狂掃射，但是我們用一顆手榴彈就把它給解決了。雖然機關槍只掃了短短幾秒鐘時間，也讓我方五個人腹部中彈。卡特用槍柄把一個沒受傷的機關槍手的臉打成肉醬。其他人還沒拿出他們的手榴彈，就被我們用刺刀戳死了。隨後，我們貪婪地把他們用來冷卻機關槍的水一口氣喝光。

到處都有鐵絲網鉗發出喀啦喀啦的聲音，我們在屏障上鋪上木板，經過狹窄的通入口跳進戰壕。海爾用鐵鍬劈開一個身材魁梧的法國人脖子，丟出他的第一顆手榴彈。我們俯身躲在護牆後面幾秒，接著，我們前方那段筆直的戰壕被炸得蕩然無存。下一顆手榴彈斜飛過角落，把道路清得一乾二淨。我們一邊跑一邊把整捆手榴彈扔到掩護壕。接著天搖地動，爆炸聲響起，煙霧瀰漫，哀鴻遍野。我們差點被滑溜溜的人肉殘渣和軟綿綿的屍體絆倒。我摔進了一個裂開的肚子裡，上面還有一頂嶄新乾淨的軍官帽。

跟敵軍交手中斷了，戰鬥暫時停止。因爲我們不能在此地久留，所以得盡快在炮兵的掩護下撤回陣地。一得知這消息，我們馬上衝進最近的掩護壕裡，把看得到的所有罐頭，特別是醃牛肉和奶油罐頭，在撤退前全部兜著走。

我們安然抵達，對面目前暫時沒有繼續攻擊。沒有半個人說話，我們躺著喘氣，休息了一個多鐘頭。我們精疲力竭，雖然飢腸轆轆，卻沒人有心思想到那些食物罐頭。後來我們才漸漸恢復像個人的樣子。

對面的醃牛肉在整個前線都很出名。有時候，這甚至是我方突襲的主要動機。我們伙食通常不怎麼樣，所以我們經常挨餓。

我們一共搶了五罐。那邊的人被照顧得眞好，和我們這些吃甜菜醬的挨餓可憐蟲比起來，他們簡直吃得太豐盛了。肉到處都有，只要伸手去拿就有得吃。海爾還弄來一條細細的白麵包，他把它像鐵鍬一樣塞在腰帶後面。麵包有一個角還沾了點血，不過可以切掉。

太幸運了！我們現在有好東西可以吃，我們的力氣未來還派得上用場。塡飽肚子跟堅固的掩護壕一樣重要，所以我們貪吃得不得了，因爲這可以拯救我們的性命。

堤亞登還搶了兩個軍用水壺裝的法國白蘭地。我們大家傳著喝。

晚禱開始了。夜晚降臨，濃霧從彈坑升起，那景象看來像是洞裡被幽靈般的秘密塡滿了。白色的水氣不安地在周圍爬行，後來才敢經由邊緣滑走，一個彈坑接著一個彈坑地連成長條狀。

天氣很涼爽。我站在崗哨上，對著黑暗凝視。每回進攻完都讓我覺得很虛弱。也因爲這樣，我沒有辦法獨自面對我的思想。其實說思想並不貼切，那是每當我虛弱時就會湧上來的回憶，也讓我心情因此變得很奇特。

照明傘高高昇起——我看見一幅景象，那是個夏日夜晚，我在教堂十字形迴廊裡，望著開在小十字形花園中間盛開的高大玫瑰花叢，花園裡埋了教堂的神職人員，四周是耶穌受難的石刻圖案。那裡沒有半個人，花朵盛開的方形園圃寧靜無比。太陽暖暖地照在沉重灰白的石頭上，我把手放在上面，感受陽光的溫暖。石板屋頂右側角落上，綠色教堂尖頂伸入傍晚柔和的淺藍色天空中。環繞在閃閃發光的迴廊柱子間的，則是教堂才有的涼爽幽暗。我站在那兒，心裡想著，我二十歲時一定要體驗一下女人帶來的心煩意亂。

那景象眞實到令我覺得恐怖，我的思緒糾結激動，然而，在照明彈的光線映照下，那情景也跟著融化了。

我拿起我的步槍，把它挪正。槍管有點溼，我一隻手扶著槍管，另一隻用手指用力把溼氣抹掉。

我們的城市後的草地間有條小溪，溪邊有一排老白楊樹。這些樹老遠就能看得見，雖然只長在河的一側，那裡還是被稱做白楊樹林蔭大道。童年時我們就很喜歡那裡。不知道爲什麼，那裡就是非常吸引我們，我們整天都在那裡度過，傾聽著它們輕輕沙沙作響。坐在河岸邊白楊樹下，把腳懸在清澈湍急的溪水裡。溪水清純的香味和風吹過白楊樹的旋律占滿我們的幻想。我好喜歡這些白楊樹，那些日子的情景至今都讓我心情悸動，過了一段時間才得以平息。

很奇怪的是，所有浮現的記憶都有兩個特質：它們特別寧靜，這是它們最強的地方。就算實際上還沒有達到寧靜的程度，當它們以回憶的形式出現時，卻給人這樣的印象。此外，它們是無聲的情景，只用眼神和手勢跟我說話，無聲無息，不言不語。然而，這種沉默是最令人震撼的，它強迫我抓住袖子和步槍，好讓自己不要消失在這種解脫的感覺裡，也不要因爲誘惑而舒展身體，融入這些回憶背後的寧靜力量。

因爲這些回憶對我們來說遙不可及，所以才如此寧靜。在前線沒有寧靜可言。前線的魔咒影響之深遠，是我們無法脫離的。就算我們人在隱密的倉庫或休息營地，仍然可以聽見炮火嗡嗡和低沉隆隆的聲音在耳邊迴響。我們從來沒有去過任何遠到聽不見炮火的地方。這幾天的炮火聲實在太令人難以承受。

寧靜也是讓我們無比抑鬱、不知所措的原因。與其說昔日的情景喚起了願望，不如說令我們心傷。這些情景雖曾存在過，卻已是過去式，不復回返。對我們來說，它們是過去的另一個世界。在練兵場上，回憶喚起了叛逆狂野的慾望。那一刻與我們緊緊相連，縱然已無法重拾往日情景，我們仍然屬於彼此。

在清晨和黑漆漆的林影間往荒地行軍練兵時，我們總要唱著軍歌。唱歌時，它們浮現在我們唱的軍歌裡。那是藏在我們心底的，也是我們曾經參與的深刻回憶。

然而在這裡的戰壕裡，回憶消失了，不再爬上我們心頭——我們已經死亡，而它卻遠遠地站在地平線上，它是一種表象，一種糾纏著我們的謎樣反光。我們害怕這種反光，卻又無法克制地愛著它。回憶的力量很強，我們的欲望也很強烈——然而，我們心知肚明，回憶已遙不可及，它跟當將軍的願望一樣不切實際。

即使青年時期的景象可以還給我們，我們可能也不知道如何是好。這些景象傳給我們的溫柔神秘力量，已無從復活。也許我們可以留在回憶裡，也許我們可以穿梭其間，也許我們可以憶起、深愛這些回憶，被它的樣子感動。然而這可能就跟看見死去戰友的遺照而陷入沉思的狀況是相同的。他的特徵、容貌以及他與我們共度的日子，彷彿還活在我們的回憶裡，然而他本人卻已不在世上。

我們再也不能像過去一樣與青春緊密連結了。青春吸引我們的，不是因爲它的美妙和情調，而是當時我們彼此休戚與共的感情，那是我們生命中各個事物點滴集合起來的友情，這種情懷讓我們跟別人不一樣，也讓我們總是有些許無法瞭解父母的世界——因爲我們對青春總是溫柔傾心、犧牲奉獻，青春再微小的東西在我們眼裡也是無與倫比。這也許是我們年輕人的特權——我們當時看不見界限，也不認爲會有終點，我們血液裡有種期望，要讓我們與我們的生活歷程相符合。

而今天，我們只能像個旅行者一樣在青年時期的景象裡遨遊。我們已經被事實燒得體無完膚，我們跟商人一樣懂得區別，我們跟屠夫一樣知道什麼是必要的。我們不再無憂無慮，我們什麼都不在乎了。我們也許還能回到那裡，但是我們眞的還能在那裡生活嗎？

我們像孩子般被遺棄，又如老人般經驗豐富，我們粗魯、悲傷又表面。我想，我們迷失了。

雖然今晚很溫暖，但我的手變得冰冷，我的皮膚在顫抖。只有霧是涼爽的，這詭異的霧躡手躡腳走近我們面前的死人，把他們躲藏起來的最後生命吸乾。明天他們會變得慘白青綠，他們的血會變得又黑又乾。

照明傘仍然不時向上升起，毫不留情地照著呆板的景色，彷彿月球表面般充滿了撞擊坑和冷光。我皮下的血液把恐懼和不安帶進我的思想。我的思想脆弱地發抖，彷彿急迫需要溫暖與生命，沒有安慰和幻想，它們無法支撐下去，它們已在赤裸裸的絕望情景裡迷失方向。

我聽到餐具鏗鏘作響的聲音，馬上燃起想吃熱食的強烈慾望。這對我有好處，也會使我平靜下來。我努力強迫自己等到有人來交班。

然後我走進掩護壕，找到一杯大麥粥，粥煮得很油膩，吃起來很可口。我慢慢地吃。雖然其他人因爲炮擊停火心情已經轉好，我仍然保持平靜。

日子一天天過去，在戰爭度過的每個小時都令人無法理解，卻又覺得理所當然。進攻和反攻交替著，戰壕間的彈坑裡死人愈堆愈多。距離不遠的傷者，我們大都可以抬回來。有些傷者卻得躺在那裡很久，我們得聽著他們死去的聲音。

一名傷者我們找了兩天還是沒找到。他可能是趴臥沒法子翻身。否則實在沒有道理找不到他。當嘴貼地面太近叫喊時，很難讓人分辨聲音的方向。

他受的槍彈傷一定很慘。這種受傷方式之所以很慘，是因爲它沒有重到讓身體馬上虛弱，呈現半痲痺的昏迷狀態，也沒有輕到讓人可以抱著痊癒的希望忍受疼痛。卡特認為他不是骨盆被打碎了，就是脊椎中了彈。胸腔可能沒事，不然他不可能有這麼多力氣叫喊。如果是其他地方受傷，應該會有人看見他移動。

他的聲音愈來愈沙啞。那聲音聽起來非常淒厲，可能來自四面八方。第一個晚上我們的人出去找了三次。每當他們以為找到聲音方向往那裡爬時，下一刻聲音聽起來又像是從其他地方來的

我們找到黃昏都沒有結果。白天我們用望遠鏡到處搜索，什麼都沒發現。第二天那個人的聲音變小了，可以想見他已經口乾舌燥。

我們連長承諾，找到他的人可以先休假，而且可以多休三天。這個誘因很強，但就算沒有這個誘因，我們也會竭盡所能找他，因為他的哀嚎聲實在太可怕了。卡特和克洛普甚至下午又出去找了一次。亞伯特還被打掉一個耳垂。可惜徒勞而返，並沒有把他帶回來。

我們可以聽清楚他叫喊的內容。一開始他只喊著救命——隔天晚上他一定是發燒了，所以跟他的老婆和小孩說話，我們經常聽見愛麗絲這個名字。今天則只是不停的哭泣。傍晚時他聲音沙啞，晚上輕輕呻吟了整夜。因為風是往戰壕方向吹的，所以我們聽得一清二楚。清晨時，當我們以為他已經安息時，卻

又傳來一陣清喉嚨的臨死呼聲。

這幾天天氣很熱，死者未能立刻埋葬。我們沒有辦法把他們都運過來，因爲就算運來了也不知道怎麼處理。他們會被榴彈埋葬的。有些屍體的肚子鼓得像氣球一樣，氣體在裡面呼嚕作響，它們會發出嘶嘶聲和打嗝聲脈動著。

天空湛藍，萬里無雲。晚上天氣悶熱，熱氣從地裡升起。風往我們這裡吹時，會把血腥的蒸氣一起帶來。那是一種又濃又令人作嘔的甜味，彈坑裡的死人氣息聞起來像氯仿和腐爛味混在一起，讓我們噁心想吐。

這幾夜都很寧靜，尋找榴彈的銅製彈帶和法國照明彈上的絲綢降落傘的行動開始了。爲什麼彈帶這麼受歡迎，沒有人知道。收集的人說它很有價值。我們離開時，有些人因爲帶得太多，只好彎腰駝背歪歪斜斜走著。

海爾至少說了一個原因，他要送他的新娘當吊襪帶用。佛里斯人聽到這裡當然忍不住開懷大笑，他們拍著膝蓋說，這眞是個笑話，天啊，海爾太懂得變通了。堤亞登更是忍不住，他拿著最大的彈帶，不時把它套在腿上，看看剩餘的空隙還有多少。「天啊，海爾，她的腿一定要，一定要……」他的念頭又往上爬了點，「她的屁股也要像——像——大象一樣大。」

他還說得不夠過癮。「我想跟她玩拍屁股捉迷藏的遊戲呢，救命啊……」海爾笑得合不攏嘴。他很高興自己的新娘受到這麼多稱讚，於是得意洋洋簡短有力地說：「她很結實啦！」

絲綢降落傘的用途比較實用。視胸圍大小而定，大概三到四塊就可以做成一件女上衣。克洛普和我把它拿來當手帕。其他人則把它寄回家。要是家裡的女人知道撿這些薄薄的布片有多危險，恐怕會嚇壞吧。

提亞登使卡特吃了一驚，他正在全神貫注地想辦法敲掉一顆未爆彈的彈帶。要是別人這麼做的話早就爆炸了，但是堤亞登始終運氣不錯。

有兩隻蝴蝶一整個上午都在我們的戰壕前飛舞。那是黃粉蝶，它們的黃色翅膀上有小紅點。不曉得牠們怎麼會流落到這裡，這附近完全沒看見植物，也沒有半朵花。它們在一顆骷髏頭的牙齒上歇息。鳥兒同樣無憂無慮，牠們早就習慣戰爭了。每天清晨，在前線間總有雲雀的身影。有一年我們甚至觀察到孵蛋的鳥，而且它們還成功地把雛鳥養大。

戰壕裡還是有老鼠，不過我們已經懶得理了。牠們在前面，我們也知道牠們在那裡做什麼。牠們愈吃愈肥，我們則是見一隻殺一隻。晚上我們又聽見對方車輪來往滾動的聲音，白天只有普通炮火，所以我們還可以修復戰壕。此外，我們也不缺餘興節目，飛機的表演挺精彩的。每日上演數不清的空戰，觀眾也不少。

我們喜歡看戰鬥機，而偵察機則是如瘟疫般令人厭惡，因爲它會帶來炮轟攻擊。偵察機出現幾分鐘後，就會來一堆子母彈④和榴彈。有一回我們因此失去十一個人，其中五個還是救護兵。有兩個被炮彈打得稀爛，堤亞登說，簡直可以用湯匙直接把他們從戰壕的牆壁刮下來放進湯鍋埋葬。另一個則是下半身連腿被炸爛。他死時胸部靠在戰壕，臉色跟檸檬一樣黃，落腮鬍中間的菸還點著，閃著微光，一直燒到嘴巴那裡才熄掉。

我們把死人暫時安置在一個彈坑。到現在爲止，屍體已經疊三層了。

炮火突然又開始隆隆作響。我們立刻緊張的乾瞪眼，但除了坐著等待，什麼也不能幹。

進攻、反攻、衝鋒、反衝鋒——這些詞語都存在，但它們到底是什麼意

④子母彈：是指彈體（母彈）內裝有多枚子彈的炮彈。母彈飛抵目標上空後爆炸，子彈則會四散飛出，適合大面積殺傷作戰。

思！我們損失了很多人，大部分都是新兵。這裡又遞補了後援部隊。那團是新編的，都是最近徵召年度的年輕人。他們沒受過什麼訓練，只上了一點理論就上了戰場，知道手榴彈是什麼，對掩護卻幾乎沒有概念，很多事情他們還缺乏經驗。地面上的凸起物沒有半米高，是不容易被察覺的。

儘管我們非常需要支援，但是教這些新兵費的心力幾乎多過他們的用處。他們在這個攻擊猛烈的地區，跟蒼蠅一樣一一倒下。今天的陣地戰需要知識和經驗，而且還得對地形瞭如指掌，懂得分辨槍炮聲和其破壞力，預測炮彈落地地點和爆炸範圍，懂得保護自己。

這支年輕的後援部隊什麼都不知道。他們之所以被炸平，是因為他們不懂得分辨子母彈和榴彈。他們像割草般被掃得精光，因為他們一聽到不危險且遠遠落在後方的大口徑炮彈巨響就怕得要命，卻沒有聽見輕輕呼嘯的低空平射小炮彈。該分散跑開時，卻像羊群一樣擠在一起，連受傷的士兵都像野兔一樣被轟炸機炸死。

這些跟蕪菁一樣蒼白的臉，這些抓得緊緊的可憐的手，這些可憐的小狗悲慘的衝鋒陷陣裝勇敢。然而這些可憐的小狗也很膽小，連大聲哭喊的勇氣都沒有，胸膛和肚子撕裂時也只敢小聲地啜泣叫媽媽，有人看見時就馬上停止哭泣！

他們垂死的、柔軟的、尖尖的臉龐竟然可怕地毫無表情，就像夭折的孩子一樣。

看著他們跳起來、奔跑和倒下，總覺得喉嚨哽咽想哭。我們眞想狠狠揍他們一頓，因爲他們實在笨得可以。我們眞想把這些傢伙抱離這裡，這裡不是他們的場子。他們穿著軍服、軍褲和靴子，但是這些東西在他們的四肢上晃來晃去，因爲制服對大部分的人來說太大，他們的肩膀和身子太瘦小，根本沒有這種兒童尺寸的制服。

死一個老兵大概要死五到十個新兵。有一回毒氣攻擊突襲，帶走了許多新兵的生命。他們還不懂得如何預估可能會發生的狀況。我們找到一個掩護壕，裡面的人都被毒死了，個個臉部發青，嘴唇發黑。有一個彈坑的人太早把防毒面具拿下來，他們不知道坑底的毒氣停留最久，一看見上面的人把面具拿掉，就跟著拿掉，結果吸進去的毒氣量足以把他們的肺燒傷。這種情形根本沒得救，只能嘔吐血塊，窒息死亡。

我在一段戰壕忽然看見西姆史托斯。我們低頭進去同一個掩護壕。所有人躺在一起屏息等待衝鋒陷陣。

儘管我已經很激動，但是跑出去時，我腦中突然出現一個念頭：我沒看見西姆史托斯。我快速跳回掩護壕找到他，看見他不過被槍彈擦破皮，卻假裝受重傷。他的臉好像被打過般，表情恐懼不安，畢竟他在這裡也算新手。但是增援新兵都出去了，他竟然在這裡，這可把我給惹惱了。

「出去！」我大吼。

他動也不動，嘴唇一直顫抖，鬍子上下震動。

「滾出去！」我重複。

他縮著腿，身體靠牆蜷在一起，跟狗一樣嘴巴打開露出牙齒。

我抓住他的手臂，想把他拉起來。他尖叫起來。這讓我更抓狂。我掐住他的脖子，抓著他當他是個袋子般用力搖晃，他的頭盪來盪去，我對著他的臉大吼：「你這個癟三，還不出去……你這條狗，虐待狂，你想躲起來了事？」他看起來有點失神呆滯，我抓他的頭去撞牆——「你這個畜生！」——我踹他的肋骨——「你這隻豬！」——我把他向前推，讓他的頭先出去。

我方的一批新部隊正好經過。其中有一名少尉，他看看我們說：「前進，前進，跟上，跟上！」我拳頭做不到的事，這幾句話卻做到了。西姆史托斯聽從上級的指示，恍然大悟地環顧四周，接著跟上隊伍。

我跟著他，看見他跳著向前。他又成了練兵場上那個精神抖擻的西姆史托斯，甚至已經追上少尉，遠遠超前。

猛烈的連環炮火、掩護炮火、狙擊炮火、地雷、毒氣、坦克、機關槍、手榴彈——詞語，這些只是詞語，卻包含了世界上最殘忍的內容。

我們的臉都結痂了，我們的思想跟沙漠一樣，我們精疲力盡——發動進攻時，還得用拳頭打醒某些人，好讓他們跟著走——他們的眼睛發炎了，手也撕裂了，膝蓋還在流血，手肘皮開肉綻。

時間到底過了多久，是幾個星期，幾個月還是幾年？其實只有幾天時間。我們眼看身邊時間在垂死者沒有血色的臉上消失，我們把東西吃進去塡肚子，我們奔跑、投擲、射擊、廝殺，我們躺在那裡，虛弱痲木。唯一能讓人撐下去的理由是，還有人更虛弱，更痲木，更無助。他們瞪大眼睛看著我們，把我們當作能拯救他們脫離死亡的神。

在短短幾小時休息時間裡，我們指導他們。「你看見那顆搖搖晃晃的彈頭嗎？現在來的那個是地雷！躺著別動，它往那邊去了。如果它的方向是這樣，那你就得快逃！這躲得過的。」

我們讓他們的耳朵更靈敏，教他們去聽危險的小型炮彈呼嘯聲，這種聲音幾乎聽不見，得從噪音響聲中分辨出一種像蚊子般的嗡嗡聲。我們教他們小炮彈比發出巨響的大型炮彈更危險。我們實際演示如何避開敵機追擊，被敵人攻擊追上時如何裝死，手榴彈該怎麼拉才能在著地前半秒爆炸。我們教導他們遇到裝有觸發型引信的榴彈時，一定要跟閃電一樣迅速跳入彈坑。我們展示如何用一捆手榴彈攻占戰壕，我們解釋對手的手榴彈和我們的在引爆時間上有何不同，我們教他們辨別毒氣彈的聲音，並且告訴他們避開死亡的訣竅。他們仔細傾聽，也很聽話——但是只要戰鬥一開始，他們就會慌亂的幾乎全做錯。

海爾．威斯特胡斯的背部被炸開，於是被運走了。他一呼吸，我們就可以透過傷口看見他的肺在脈動。我還來得及握住他的手，他呻吟著：「完蛋了，保羅。」痛到咬著自己的手臂。

我們看見沒有頭蓋骨的人活著，我們看見兩隻腳被炸爛的士兵奔跑，他們用碎裂的腳部殘骸繼續踉踉蹌蹌拐進最近的坑洞。有個二等兵用兩隻手爬了兩公里，拖著被炸爛的膝蓋。另一個人走到救護站時，按著傷口的雙手可以看見腸子擠出來。我們看見沒有嘴的人，有些人沒有下顎，沒有臉。我們還找到一個人，他用牙齒緊緊咬著胳臂的動脈咬了兩小時，避免大出血。太陽升起，黑夜降臨，榴彈呼嘯，生命結束。

然而，我們躺著的這塊焦土，在對方強大攻擊力的轟擊下，還是守住了。我們只棄守了幾百米，但是每一米土地都有人戰死。

有人來換防了。車輪在我們下面滾動，我們呆滯的站著。有人喊著：「小心，電話線！」時，我們屈膝蹲下。上回我們經過這裡時是夏天，樹木都還很綠，現在的景色看起來卻像秋天，夜裡灰暗又潮溼。車停了，我們爬下車，亂糟糟的一堆人，一些剩餘的姓名。兩旁黑壓壓的站滿了人，他們喊著團和連的編號。每叫一次就有一堆人分出來，少得可憐的小小一撮骯髒又蒼白的士兵，小得可怕的一堆人，小得可怕的一堆殘兵。

有人喊到我們這連的號碼，聽得出來是連長的聲音，他也倖免一劫，手臂還綁著繃帶。我們走到他面前，我看見卡特和亞伯特，我們站在一起，互相倚靠對望。

後來我們一次次聽見我們連的編號。他可能還要喊很久，在野戰醫院和彈坑裡的那些人是聽不到的。

耳邊再次傳來：「第二連到這裡來！」

接著叫聲變小了：「第二連沒有人了嗎？」他一言不發，聲音沙啞地問：「就這些人了嗎？」然後命令：「報數！」

早晨的天色很灰暗，我們出發時是夏天，當時共有一百五十人。現在我們一直發冷，已是秋天，樹葉沙沙作響，報數的聲音無精打采：「一——二——三——四——，」到三十二時就沒有聲音了。沉默了好久才有聲音問：「還有人嗎？」……等了一陣子後說：「成小隊！」……又中斷一下才說：「第二連。」……最後連長艱難地把話說完：「第二連，便步走！」

一行人，短短一行人在清晨拖著沉重的步伐走著。三十二個人。

chapter 7

第7章

這一回我們被送回比以往更遠的戰地兵站，方便重新編制。我們這連需要增援超過一百名的士兵。

這段時間我們沒事時就到處閒晃。兩天後，西姆史托斯來找我們。自從去過戰壕後，他狂妄的嘴臉就消失了。他提議我們和睦相處。因爲我看見他一起幫忙運送背部被炸裂的海爾・威斯特胡斯，所以我同意了。由於他說話的樣子很誠懇，所以他請我們一起去軍營食堂吃飯時，我們並不反對。只有提亞登還是不怎麼信任他，持保留態度。

不過後來連他都被拉攏了，因爲西姆史托斯說他得代伙房廚師度假期間的班。爲證明所言不假，他馬上拿出兩磅糖給我們，還特別多給了提亞登半磅奶油。甚至還安排我們接下來三天去伙房幫忙削馬鈴薯和蕪菁甘藍。在那裡，他端給我們的食物可是不折不扣的軍官級伙食。

眼前我們吃得飽睡得好，這兩件事就足以讓士兵覺得幸福。仔細想想，這樣的要求並不多。幾年前，這樣的條件我們可能不屑一顧，而現在，我們幾乎心滿意足。一切都是習慣，前線戰壕裡也不例外。

習慣讓我們似乎可以快速遺忘。前天我們還在炮火裡，今天我們就能在這裡打鬧瞎混。明天我們又要守戰壕了。事實上，我們什麼也沒忘記。只要待在戰場上，這些經歷就會被淹沒。離開前線後，這些經歷便會像石頭一樣沉入我們心底。因爲這些日子實在太沉重了，所以我們現在無法馬上思考。要是眞的去想這些，那我們肯定會暴斃。因爲我們早就有所體認，只要你還能夠縮著身子躲避危險，就能忍受這些殘忍的事實。然而，如果你眞的開始思考，那恐怕只有死路一條。

這是唯一的生存之道，道理跟我們上前線就會變成野獸一樣。休息時，我們就會成爲膚淺的搞笑人物和昏睡鬼，這實在是迫不得已，因爲我們沒什麼其他事好做。我們只是不惜任何代價想活下去，所以不能讓情感加重負擔。情感在和平時期也許是很好的裝飾品，在這裡卻無容身之地。坎姆利希已經死了，海爾・威斯特胡斯快死了，漢斯・克拉瑪被炮彈擊中，人們得爲了他的身體忙到世界末日，把他被炸爛的身體一塊塊補起來。馬騰斯沒有腿了，梅爾死了，馬可斯死了，拜爾死了，赫梅林死了，一百二十個人中了彈躺在某個地方，這的確很悲慘，但是這干我們屁事，反正我們還活著。如果我們能救他們，那麼看著好了，我們會不惜犧牲自己這麼做。必要時，我們勇氣十足；我們不知道何謂恐懼——也許我們怕死，但這又是另一回事了，這是生理的問題。

然而，我們的同伴死了，我們實在愛莫能助，他們已經安息——天知道我們即將面臨什麼遭遇，此刻我們只想倒頭補眠吃東西，能吃多少算多少。我們要喝酒抽菸，才不至於虛度時光。生命實在太短暫了啊！

如果可以不直接面對，前線其實也沒那麼恐怖。我們用惡毒又誇張的笑話來克服這種恐怖。如果有人死了，我們就說他屁股夾緊了。我們用這種方式談論所有事情，才不至於發瘋。只要還能這麼做，我們就能抗戰下去。

其實，我們並沒有遺忘！戰地新聞報導提到部隊的超級幽默感，說軍隊才剛從烽火連天的前線回來，就安排了舞會。其實這些都是胡說八道，我們不是因爲有幽默感才這麼做，我們是爲了生存才有幽默感。這種方法終究並非長久之計，幽默感每個月都變苦一點點。

我很清楚，現在我們在戰爭裡經歷的一切一切，雖然像石頭一樣暫時沉入心底，但是它們會在戰後甦醒，到時才是真正要面對生命與死亡的時刻。

在前線度過的日子和歲月會重現，我們死去的同伴會醒來跟我們一起行進，我們的頭腦會清醒過來，我們會有一個目標，我們會行進，我們死去的同伴會在身旁，前線的時光會在身後——但是我們要對抗誰呢？對抗誰呢？

前一陣子，這個地區有個戰地劇院。有個佈告欄還貼了色彩繽紛的公演海報。我和克洛普站在布告欄前面，眼睛瞪得大大的。我們簡直不敢相信世上還有這種東西。海報上是個穿著淺色洋裝的女孩，腰上繫了一條紅色亮皮腰帶。她一手撐著欄杆，另一手扶著草帽。穿著白襪白鞋，那是雙細緻的一字扣帶高跟鞋。她身後的蔚藍海洋閃閃發光，還有幾道波浪，旁邊是明亮的海灣。那女孩很標緻，鼻子窄窄的，紅紅的嘴唇配上修長的腿，看起來又乾淨又會保養，她一定是一天洗兩次澡，而且指甲裡不會有污垢，頂多有沙灘來的沙子。

她旁邊站了一個穿著白褲的男人，他身著藍色西服，戴著帆船帽，不過我們對他沒什麼興趣。

佈告欄上的這個女孩對我們來說簡直是奇蹟。我們已經忘記世界上還有如此美好的事物，直到現在，我們還是不敢相信自己的眼睛。總之，我們已經有好幾年沒有見過類似景象，沒見過如此喜悅、美好又幸福的景象。這就是和平的生活啊，想必只有在和平的日子裡，才有這樣美妙的情景，我們激動不已。

「你看看那雙輕巧的鞋子，穿這種鞋行軍恐怕走不到一公里。」我剛說完就覺得自己的話很可笑。看這種圖竟然會想到行軍，眞是有夠蠢的。

「你覺得她幾歲？」克洛普問。

我猜：「最多二十二歲吧，亞伯特。」

「這樣她就比我們大了。我告訴你，她肯定不超過十七歲！」

我們兩個都起了雞皮疙瘩。「亞伯特，這女孩眞的很正，你不這麼認爲嗎？」

他點頭。「我家裡有條白褲子。」

「白褲子，」我說，「但是這樣的女孩……」

我們互相打量對方由上往下看，實在找不到什麼像樣的東西。每個人穿的都是褪色、骯髒又縫縫補補的軍服。這樣比較實在毫無指望可言。

於是我們把布告欄上的白褲男子刮了下來，小心翼翼，以免弄壞圖上的女子。處理過的海報看起來好多了，克洛普接著建議說：「我們可以去除虱子。」

因爲除虱子會把衣服弄壞，我並不覺得這是個好主意，而且虱子兩個小時後就又出現了。可是當我們兩個再次呆滯地盯著那張海報看時，我也表示願意這麼做，而且我想得更周到。「我們可以看看能不能找到一件乾淨的襯衫。」

不曉得爲什麼，亞伯特覺得如果能弄到靴子用的襪套更好。

「襪套也行。我們得去找找。」

這時列爾和堤亞登慢慢晃過來，他們看了海報一眼，接下來聊天的內容就突然變得很齷齪。列爾是我們班上第一個和女人發生過關係的人，他曾說過令人興奮的細節。他用他的方式欣賞這幅畫，堤亞登完全同意他的觀點。

我們一點也不覺得噁心，軍人多少有點下流。只不過當時我們沒有那個心情，所以從旁離開，往除虱子的地方前進，感覺好像是要上男裝店一樣。

我們紮營的房子在運河附近，運河那裡有好幾個池塘，池塘邊長滿了白楊樹——運河那邊也有女人。

我們這邊房子的居民已經撤走了，另一邊偶爾還會看見一些居民。

傍晚我們在河裡游泳時，看見三個女人沿著岸邊走，她們走得很慢，雖然我們沒穿泳褲，她們的眼神也沒有迴避。

列爾對她們打招呼。她們笑著停下來看我們。我們用臨時想到的破爛法語對她們說了幾句，說得又急又亂，只希望她們別走掉。我們的法語說得不怎麼樣，但是我們又怎麼說得出像樣的話呢？其中有個女人身材纖細、膚色較深。她笑的時候牙齒閃閃發亮，走路的速度很快，裙子輕輕地在她腿邊拍打。儘管水溫很冷，我們仍然心情很好，使盡本領地想引起她們的興趣，好讓她們留下來。我們試著說笑話，她們也回話，不過我們根本沒聽懂，只是笑著對她們招手。堤亞登理智多了，他跑到房子裡拿了一條軍糧麵包，把它舉得高高的。

這麼做很有效。她們點頭又招手，示意要我們過去。但是我們不能這麼做，到河岸另一邊是禁止的。所有橋都有人站崗，沒有證件過不去。我們翻譯想說的話，請她們過來，但是她們手指著橋搖搖頭，她們也不准過來。

她們往回走，沿著河岸慢慢朝運河上游走。我們一邊游泳一邊陪伴她們。過了幾百公尺，她們轉彎指著一棟稍遠突出樹木和灌木叢的房子。列爾問她們是否住在那裡。

她們笑著說，沒錯，那是她們的房子。

我們對她們說，等警衛看不見時，我們會過去。晚上過去，今天晚上。

她們舉起雙手，攤平合在一起，把臉放進去閉上眼睛。她們聽懂了。身材纖細膚色較深的女子還跳起舞來，另一個金髮女子高興地唱著：「麵包，太好了！」

我們急著保證我們一定會帶麵包過來。我們還答應帶別的好東西，我們轉動眼珠，比手劃腳。列爾為了表達清楚「一根香腸」，還差點淹死了。需要的話，我們甚至會承諾把整個軍糧庫的東西都帶來。她們一邊走，一邊不時回頭看。我們爬上我們這邊的河岸，仔細看她們是否眞的走進那棟房子。誰知道她們有沒有說謊？然後我們又游回去。

沒有證件是不能過橋的，所以我們打算晚上游過去。我們心情亢奮，幾乎無法控制自己。因為太興奮坐立難安，所以我們往食堂方向走。那裡剛好有啤酒和潘趣酒①。

我們喝著潘趣酒，瞎掰自己的奇妙經歷。每個人都非常樂意相信別人說的話，也急著上場吹噓一番。我們的手靜不下來，抽掉數不清的香菸，一直到克洛普突然說：「其實我們可以帶一些菸給她們。」我們才把菸放在帽子裡留起來。

①潘趣酒（Punsch）：一種以葡萄酒、果汁、香料、糖、茶或水混和的飲料。

天空的顏色很綠，像沒有熟的蘋果一樣。我們有四個人，但是只有三個人能去，所以我們得想辦法擺脫堤亞登。我們不停灌他蘭姆酒和潘趣酒，直到他喝得醉醺醺的。天黑時，我們走向我們的紮營屋舍，堤亞登在中間。我們全身發燙，充滿了豔遇冒險的興致。我們已經說好，那個身材纖細膚色較深的女子歸我。

堤亞登倒在他的稻草袋上打呼。剎那間他忽然醒來，對著我們奸詐地笑。我們差點以爲他從頭到尾都在假裝，請他喝的潘趣酒全都沒效咧。結果他又倒頭繼續睡了。

我們三個人都帶著一整條軍糧麵包，把它包在報紙裡。此外，還放了一些香菸、和今天才拿到的三份肝腸醬。這樣也算是一份像樣的禮物了。

我們暫時把東西放進靴子裡，靴子我們一定得帶著，上岸後才不會踩到鐵絲或碎片。衣服也用不著穿了，反正我們得游泳過去。現在天黑得很，距離也不遠。

我們手上拿著靴子出發。很快地，我們滑進水裡，用仰式游泳，把裝了東西的靴子舉在頭上。

到了對岸，我們小心爬上岸，把包裹拿出來，靴子穿上。我們把東西夾在腋下，渾身溼透赤裸裸，只穿著靴子快步行走。我們馬上在樹叢裡的黑暗處找到那棟房子。列爾被樹根絆倒，擦傷了手肘。不過他還是高興地說：「沒關係。」

窗戶前面的木製百葉窗是關著的。我們在房子周圍躡手躡腳，從百葉窗縫隙間偷看裡面，後來我們有點不耐煩。克洛普突然遲疑了一下。「要是有個少校在她們那裡怎麼辦？」

「那我們就趕緊溜啊，」列爾奸笑著，「他可以在這裡看見我們的所屬團號。」他拍打自己的屁股說。

房子的大門是開著的。我們的靴子噪音很大。一扇門開了，光線從裡面透出來，有個女人吃驚地大叫。我們趕緊用法文說：「噓，噓……伙伴……好……朋友。」一邊舉起我們帶來的包裹，一邊懇求。

另外兩個女人也出現了，現在門全開了，光線直接照在我們身上。她們認出我們，看到我們這身模樣時，笑得合不攏嘴。她們在門框邊笑得前彎後仰，動作多麼靈活！

「等一下。」她們走進去，丟了幾件衣服給我們。我們隨便裹在身上，才能進去。房內有一個小燈亮著，室內很溫暖，聞得出來有香水的味道。我們打開包裹交給她們。她們的眼睛突然亮了起來，可以看得出她們肚子很餓。

然後所有人都有點尷尬。列爾做出吃飯的手勢，大家好像突然熱絡了起來。她們去拿盤子和刀子，毫不客氣地吃了起來。她們每吃一片肝腸前都要把它拿得高高的，用讚嘆的眼神看一下，我們因此感到很自豪。

她們用她們的語言嘰哩呱啦地講個不停——我們雖然沒聽懂多少，但聽起來都是友善的話語。也許我們看起來都很年輕，那個身材纖細膚色較深的女子輕輕撫摸我的頭髮，說著所有法國女人都會說的話：「戰爭……大災難……可憐的小伙子……」

我緊緊抓著她的手臂，把嘴貼在她的手心，她的手指托著我的臉。她動人的眼睛、柔和的棕色膚色和紅紅的嘴唇就在我上方很近的地方。那張嘴說著我不懂的話。我也不懂她的眼神，它們傳達的比我們來這裡的期望還多。

房間就在隔壁，我走過時看見列爾和那個金髮女人緊緊抱著，還大聲嚷嚷。他對這種事不陌生。但在這種陌生、輕柔和狂熱的氣氛下，我卻不知如何是好，只能跟著走。我的願望奇妙地摻雜了渴望和沉醉。我覺得天旋地轉，但這裡沒有任何我能抓住的東西。我們把靴子放在門前，他們給我們拖鞋穿。我們沒有步槍，沒有腰帶，沒有軍服，沒有軍帽，能給軍人安全感和讓軍人引以爲傲的東西都不在這裡。我任自己墜落在未知裡，該發生的就讓它發生吧——然而，我還是有點害怕。

身材纖細膚色較深的女子沉思時眉毛會動，不過她說話時，眉毛卻動也不動。有時聲音還沒變成話就消失不見，要不就是講到一半就從我上方飛過，像一道彩虹，像一道軌跡，像一顆彗星。我曾經知道過些什麼？我又知道些什麼？這個我幾乎聽不懂的外國語，讓我昏昏欲睡，進入寂靜。在微暗的棕色燈光下，房間顯得朦朧不清，只有我上面的這張臉是生動清楚的。

臉的變化眞是多樣，一個小時前還是陌生的臉孔，現在卻溫柔體貼。這溫柔並非來自臉孔本身，而是這臉孔融合了夜晚、紅塵與熱血所散發出來的光彩。房間裡的東西在這個光彩的照映下變得很奇特。當燈光照在我白皙的皮膚上，那冰涼的棕色的手撫摸著它時，我幾乎對我的皮膚起了敬畏之心。

這裡和軍妓院差別眞大，上軍妓院我們得有許可，還得大排長龍。我不願去多想那裡的情景，但它們卻恣意出現在我的腦海裡，我覺得惶恐，因爲這些記憶也許會永遠揮之不去。

隨後我感覺到身材纖細、膚色較深的女人的唇，我飢渴地貼上去，閉上眼睛，想藉此忘掉一切，忘掉戰爭、殘忍和卑鄙，希望醒來時年輕又幸福。我想著海報上的女孩，幾乎有那麼一剎那，我相信只有得到她我才能活下去——所以我更用力的貼緊那雙抱著我的手，也許會發生奇蹟。

不知怎麼搞的，我們後來又聚在一起。列爾很有活力。我們親切地道別，穿上靴子。夜晚的空氣吹涼我們火熱的身體，高大的白楊樹在黑暗中佇立，沙沙作響。月亮高掛空中，也映在運河水中。我們並沒有奔跑，只是肩並肩大步走著。

列爾說：「這個軍糧麵包花得太有價值了！」

我不知道該不該說話，我並沒有快樂的感覺。

然後我們聽見腳步聲，趕緊蹲在樹叢後。

腳步聲愈來愈近，接近我們後又走遠了。我們看見一個光著身子只穿了靴子的士兵。他跟我們一樣，腋下夾了一個包裹，又跑又跳向前走。原來是堤亞登在趕路。我們笑了，他明天一定會罵人的。我們神不知鬼不覺地回到了我們的稻草袋床墊上。

我被叫到辦公室。連長給我休假證明和車票，並且祝我旅途愉快。我看到假期的天數是十七天，其中十四天是休假，三天是旅程假。我覺得太少，問連長能不能給我五天旅程假。貝廷克指著我的證明，然後我才看見我不需要馬上回前線，休完假我得先去野外營地的訓練班報到。

其他的人很羨慕我。卡特建議我最好試著利用機會，想辦法留在訓練營區。「如果你夠聰明，就能留在那裡。」

其實我寧願八天後再走，因爲我們反正還得在這裡停留八天，這裡也不錯。

我當然得在食堂請大家喝酒。我們每個人都喝得有點微醺，我卻有點悶悶不樂。我可以離開六個星期，實在是非常走運。然而，我回來時這裡會變成什麼樣子？我還能見到大家嗎？海爾和坎姆利希已經不在了，誰會是下一個離開我們的人？

我們喝著酒，我一一看著身邊的人。亞伯特坐在我身旁抽菸，他心情很好，我們一直都在一起。卡特坐在對面，垂著肩膀，大拇指寬寬的，不疾不徐的嗓音；牙齒突出笑聲爽朗的謬勒，堤亞登老鼠般的眼睛，留著大鬍子的列爾看起來像是四十歲的人。

我們的頭上煙霧瀰漫。沒有菸，不曉得軍人會變成什麼樣子！食堂是我們的避風港，啤酒不只是飲料，它表示我們可以安心地把四肢伸展開來。這回我們伸得可徹底了，我們把腿往前伸得長長的，並且愉快的隨地吐痰，那樣子眞是空前絕後。這就是明天要出發休假的人的必經過程。

晚上我們又去了一回運河的對岸。我幾乎不敢對身材纖細、膚色較深的女人說我要離開，我們回來時可能會離開這裡很遠，也就是我們不會再相見了。但她只是點點頭，沒有什麼特別的反應。我原本不懂爲什麼會這樣，後來我才瞭解。列爾說的沒錯：如果我上前線，那她大概會說「可憐的小伙子」，她們根本對休假的人沒興趣，也不想知道太多，管他在那裡嘰哩呱啦什麼。人們相信奇蹟，排在之後的就是軍糧麵包。

隔天清晨，我除完虱子後，前進到軍用輕便鐵路車站。亞伯特和卡特陪我去。我們在車站大廳聽見車子還要幾個小時後才出發。他們倆人得回崗位，於是我們互相道別。

「卡特，保重。亞伯特，保重。」

走時他們還揮了好幾次手。他們的步伐和動作我再熟悉不過，從很遠的地方就能認出來。他們的形影漸漸變小，後來就消失了。

我坐在我的背包上等。

突然間，我迫不及待只想快點離開。

我在很多火車站裡躺過，在很多流動廚房前站過，也在很多木板條上蹲過，後來外面的景色變得沉重、詭異又熟悉。黃昏的車窗邊，掠過一幕幕村莊景象，村莊裡的茅草屋頂有如帽子般，緊緊戴在用石灰水粉刷過的木架房屋上。穀物田地在夕陽斜射的光線下，如珠母般閃閃發亮。村莊裡還有水果園、穀倉和古老的菩提樹。

車站的名稱漸漸成爲我熟悉的地名，我的心開始顫抖。火車戚戚鏘鏘的前進，我站在窗邊，緊緊抓著窗框。這些地名劃定了我年少時期出入的範圍。

平坦的草原、農地和農舍，一輛牛車形單影隻地在天際邊和地平線平行的路上前進。平交道欄杆前有農人等候著，幾個女孩在招手，鐵軌堤防邊有孩子在玩耍，還有一條通往鄉間的道路，沒有炮兵連的道路。

已經傍晚了，要不是火車戚戚鏘鏘作響，我肯定要吶喊出聲。眼前映入廣闊的平原，黯淡的藍色光影中，可以看見遠處升起山脈的輪廓。我一眼就認出是多本山特有的山形，尖齒狀的山脊突然在森林頂端處中斷。那後面一定是城市。

這時金紅色的陽光瀰漫大地，火車經過一條又一條的彎路。遠方一長排白楊樹佇立在黑暗中，如夢似幻，虛無飄渺，好像是由光、影與渴望組成的。

田野和白楊樹漸漸跑到另一個方向，火車正在繞著它們行駛。白楊樹的間隙愈來愈小，變成一大塊，一瞬間，我突然只看見一棵白楊樹，後來其他的白楊樹又出現在原來那棵後面。它們佇立在天際邊好久，一直到被第一批房子遮住為止。

鐵路交會口到了。我站在窗邊，不想離去。其他的人已經開始準備下車的東西。我自言自語唸著我們正在穿越的街道名稱——不萊梅街，不萊梅街。

下面是騎自行車的人、汽車和行人。那是一條灰濛濛的街道和灰濛濛的地下道，它緊緊扣住我的心弦，彷彿是我的母親。

火車停下來了，火車站到處可看見牌子，並且充滿了喧鬧聲和叫喊聲。我背起背包，扣緊掛勾，把步槍握在手裡，踉踉蹌蹌地下了車。

我在月台上東張西望，匆忙的人群裡沒有我認識的人。有個紅十字會的護士給了我一點東西喝。我轉過身，她對我不停地傻笑，一副自己是個重要角色的模樣：你們看，我正在倒咖啡給士兵喝。她還稱呼我「同志」，此時這句話卻令我倒胃口。外面車站前街道旁的小溪流水潺潺，河水從磨坊橋的水閘流出來時，激起白色的水花。古老的四方形瞭望塔立在一旁，塔前是巨大繽紛的菩提樹，背後襯以暮色昏黃。

我們以前經常坐在這裡——那是多久以前的事了——我們走過這座橋，聞著積塞河水冰涼腐朽的氣味，朝著水匣一邊靜止的河水彎腰。水匣裡，攀緣植物和藻類垂掛在橋墩。天氣熱時，我們一邊開心地看著濺起的白色水花，一邊議論老師的是非。

我走過橋左看右看，河水裡還是滿滿的藻類，仍然一如往常呈明亮的拱形向下流瀉。塔樓裡和從前沒什麼兩樣，燙衣女工光著手臂站在潔白的衣物前，熨斗的熱氣從開著的窗戶冒出來。狗在狹窄的巷道裡有氣無力地穿梭著，人們站在門前，看著全身髒兮兮的我，背著滿身行囊地走過。

我們在這家甜點店吃過冰，也在這裡學會抽菸。我現在走的這條街的每棟房子、殖民地產品雜貨店、藥店和麵包店，我都熟悉。然後，我站在門把已經破損不堪的棕色門前，突然覺得手好沉重。

我打開門，涼爽的感覺奇妙地迎面而來，我突然視線模糊。

我腳底下的階梯吱吱嘎嘎作響。上方的門啪的一聲打開了，有個人從欄杆向下張望。打開的是廚房的門，裡面有人在煎薯餅，整個房子充滿薯餅的香味。今天是星期六，那裡彎著腰往下看的人的應該是我姊姊。我忽然覺得有點不好意思地把頭低下，然後把頭盔摘下往上看。沒錯，是我的大姊。

「保羅！」她大叫。「保羅！」

我點點頭，我的背包撞了欄杆一下，我的步槍實在重得要命。

她從門衝出來大叫：「媽媽，媽媽，保羅回來了。」

我不能繼續走了。媽媽，媽媽，保羅回來了。

我靠在牆上，抓著我的頭盔和步槍。我竭盡所能抓緊頭盔和步槍，卻一步都跨不出去，眼前的樓梯突然變得模糊，我把槍把托在腳上，氣憤地咬著牙，但是我無法抗拒姊姊呼喚的那個字，儘管我使盡全力想擠出一絲微笑說說話，卻還是一個字都吐不出來，只能悶悶不樂又無助地站在階梯上，全身激動地抽搐著。我不想說話，眼淚就這樣潸潸流下。

我姊姊走過來問：「你怎麼了？」

我趕緊打起精神，跌跌撞撞地走上前廳。我把步槍放在角落，把背包靠在牆邊，把頭盔放在背包上。腰帶和上面綁的東西也得卸下。然後我生氣地說：「給我一條手帕啦！」

她從櫃子裡拿了一條手帕給我，我把臉上的淚水擦掉。我上面的牆上掛了個玻璃櫃，裡面擺了五顏六色的蝴蝶，那些蝴蝶是我從前採集來的。

我聽見母親的聲音，那聲音是從臥房傳出來的。

「她還沒醒嗎？」我問姊姊。

「她病了……」她回答。

我進去臥房看她，把手伸給她，盡可能心平氣和地說：「媽媽，我回來了。」

她躺在昏暗的光線裡，我感覺她的眼神正在小心翼翼地試探著我。她害怕的問：「你受傷了嗎？」

「沒有，我休假。」

母親的臉色非常蒼白，我不敢開燈。「我就只會躺在這裡哭，」她說，「其實我應該覺得高興才對。」

「媽媽，你生病了嗎？」我問。

「我今天要起來活動一下，」她說著，並且把臉轉向姊姊。姊姊不停地往廚房跑，以免她的菜燒焦。「你去把那瓶糖水蔓越莓打開，你不是很喜歡吃嗎？」她問我。

「是啊，媽媽，我已經好久沒吃到這種東西了。」

「我們好像有預感你要回來了，」姊姊笑著說，「我正在做你最愛吃的薯餅，現在還加上糖水蔓越莓。」

「今天也剛好是星期六。」我回答。

「來我這兒坐。」我母親說。

她望著我。跟我的手比起來，她的手看起來又蒼白又憔悴。我們只說了幾句話，我非常感激她沒有問什麼。就算問了，我該說的還不是：所有可能發生的事都發生了。我現在平安回來，坐在她身邊。姊姊站在廚房裡做晚餐，還一邊唱著歌。

「親愛的孩子。」母親輕聲說。

我們家裡的人都不太表達內心的感情，窮苦人家就是這樣，他們除了工作，也不太能理解爲什麼還得操心這操心那，已經知道的事，他們不會多說。因此我媽媽對我說「親愛的孩子」的意義，其實已經像其他母親做了什麼更不尋常的事一樣。我清楚得很，糖水蔓越莓一定是這幾個月來剩下的最後一罐，而且他們是特別保留給我的。他們現在給我吃的味道不怎麼新鮮的餅乾一定也是特別留下來的。她肯定是恰好有機會拿到一些餅乾，馬上就留了一些給我。

我坐在她的床邊，對面酒館花園的栗子樹透過窗戶閃著棕色和金色的光芒。我緩慢地呼吸，並且對自己說：「你已經在家了，你已經在家了。」但我還是有一股綁手綁腳的感覺，還不能適應。這裡有我的母親、姊姊和我的蝴蝶櫃與桃花心木鋼琴——但我就是沒有回家的感覺，總覺得好像有層紗隔著，還差了一步的距離。

於是我走去拿我的背包，把我帶的東西拿出來：卡特幫我弄來的一整塊埃德姆起司，兩條軍糧麵包，四分之三磅的奶油，兩條肝腸，一磅豬油和一小袋米。

「這些你們一定用得上……」

他們點頭。「這裡糧食很缺吧？」我詢問。

「沒錯，東西不多。你們前線的狀況呢？」

我一邊微笑一邊指著我帶回來的東西。「也不可能總是這麼多，不過還勉強過得去。」

愛娜把東西拿去放。母親突然用力抓住我的手，結結巴巴地問：「保羅，前線很可怕嗎？」

媽媽，我該如何回答你呢？你反正不會懂，也不會理解的。你也最好別懂太多。你問我是不是很可怕……我搖搖頭說：「媽媽，不會，不會很可怕。我們很多人在一起，所以沒那麼可怕。」

「是嗎？可是前不久，海因利希・布列德麥爾回來，他說前線可怕得不得了，他提到毒氣和其他可怕的事。」說著毒氣和其他可怕的事的人是我母親。她根本不知道自己在說些什麼，她只是很擔心我。難道我該告訴她，有一回我們發現了敵方的三條戰壕，在裡面看到的人個個姿勢僵硬，好像中風一樣。他們不是靠在護牆旁，就是或站或躺在掩護壕裡，個個面色發紫，全都死了。

「媽媽，那只是人家隨便說說的，」我回答，「布列德麥爾也是胡說八道罷了。你看看，我不是好好的，還長胖了——」

看著母親膽戰心驚的樣子，我竟然平靜下來了。現在我又可以走來走去，也能說話、回答問題。即使世界軟得跟橡皮一樣，血管像氧化皮一樣易碎，我也不會害怕得靠在牆上。

我的母親想起床，我趁這段時間去廚房找姊姊。「她生了什麼病啊？」我問。她聳聳肩說：「她已經躺了好幾個月了，但是我們沒有寫信告訴你。好幾個醫生來這裡看過她。其中一個說，有可能又是癌症。」

我得到區司令部報到。去的路上慢慢閒晃，走過好幾條街道，有時候會有人跟我說話。由於我不想多說，都沒有停留太久。

從兵營準備要回家時，有人大聲喊住我。我心不在焉地轉身看，才發現面前站了一個少校。他大聲斥責：「你怎麼不敬禮？」

「抱歉，少校先生，」我不知所措地回答，「我沒有看見你。」

他提高音量說：「你連怎麼回話都不知道了嗎？」

我眞想一拳揍在他臉上，但是我忍住了，不然我的休假可能就泡湯了。於是我立正站好說：「我沒有看見少校先生。」

「那就更應該注意！」他大聲斥責。「你叫什麼名字？」

我回報。

他紅通通胖嘟嘟的臉還是怒氣未消。「哪個部隊？」

我按規定回報。他還是不滿意。「駐紮地點？」

我開始不耐煩了，說：「在蘭赫馬爾克和畢克斯修特②之間。」

---

②蘭赫馬爾克（Langemark）、畢克斯修特（Bixschoote）：兩地皆為比利時境內的小村莊，在第一次世界大戰時，這兩地之間的防線是德軍傷亡慘烈的戰爭前線，現在蘭赫馬爾克還建有著名的戰爭紀念公墓。

「怎麼?」他吃驚地問。

我解釋說我一小時前才剛回來休假,我心想這事就到此打住了,可惜我猜錯了。他火氣更大了:「所以順理成章的把前線的規矩帶回來嗎?這可不行!謝天謝地,這可是講求秩序的地方!」他下令道:「後退二十步。前進,前進!」

我怒火中燒。但我不能違背他的命令,否則他可以馬上逮捕我。於是我跑步後退,接著前進走,在他前方六公尺處,做了一個俐落的敬禮動作,一直到我在他後方六公尺時,才把手放下。

他又叫我過去,並親切地跟我說,這回他從寬處理。我站得筆直,表示感激。「解散!」他命令道。我啪地一聲轉身離開。

這件事讓整個晚上都蒙上一層灰,我一回家就立刻把軍服丟到角落,反正我本來就有此打算,然後從櫃子拿出西服穿上。

我忽然不習慣穿西服了。衣服變得又短又緊。我在軍中長了不少。衣領和領帶也弄不好,最後姊姊幫我打了一個領結。這套衣服非常輕,讓我覺得自己好像只穿了裡褲和襯衫。

我看著鏡中的自己,樣子非常古怪。鏡子裡有個曬得黝黑、壯碩、等著受基督教堅信禮的青年，穿著太小的西服，吃驚地看著我。

母親很高興我穿了便服，她比較熟悉我這個模樣。但是我父親寧願我穿著軍服，他想要我穿著軍服跟他一起去拜訪他認識的人。

但是我拒絕了。

能夠靜靜的坐在某個地方是非常美妙的，像是栗子樹對面，那個離保齡球道不遠的酒館花園。幾片初秋葉子掉落在桌上和地上。我面前有一杯啤酒，我是在軍隊學會喝酒的。我喝了一半，還剩下好幾口美妙清涼的啤酒。其實如果我想要，我還可以點第二杯和第三杯。這裡沒有人會喊集合，也沒有猛烈的炮火。酒館老闆的孩子在球道上玩耍，狗把頭靠在我的膝蓋上。天空湛藍，栗子樹葉子間聳立著瑪迦雷特教堂③的綠色尖塔。

我愛死這幅美妙的情景了，但是我沒辦法跟人相處。唯一什麼都沒問的是我的母親。我父親完全是另一個樣。他要我說說前線的狀況，我覺得他的願望

③瑪迦雷特教堂（Margaretenkirche）：位於今德國北萊茵，威斯特法倫州中部，約建於十三世紀，本書作者雷馬克即出生於教堂附近的奧斯納布魯克市中。

既感人又愚蠢，我和他的關係也不怎麼樣。他恨不得我會不斷地說些前線的事給他聽。我可以理解，他不懂這些事情是不能說的。我也很想幫他這個忙，說給他聽。但是這麼做實在太危險了，如果我把這些事情用言語描述出來，我擔心最後會無限擴張到無法處理。如果清楚知道前線會發生的事，我們會變成什麼樣子呢？

於是我只告訴他一些有趣好笑的事，但他竟然問我有沒有參加過近距離的肉搏戰。我說沒有，並且站起來準備出去。

可惜出門並沒有改善狀況。我在街上被電車的刺耳摩擦聲嚇了好幾次，因爲那聽起來很像榴彈接近的聲音。突然有人拍了我的肩膀。那是我的德文老師，他問的問題跟別人問的沒什麼兩樣。「前線狀況怎麼樣？很可怕，很可怕吧？對的，一定很可怕，但是我們得撐下去。更何況，聽說前線的伙食不錯。保羅，你看起來很壯，很不錯。這裡糧食供應當然差，一定是這樣的，不過這也是應該的，我們得把最好的東西留給我們的士兵！」

他帶我到一個固定聚會，我受到熱烈歡迎，有一個校長還跟我握手說：「你從前線回來？那裡的士氣如何？很高昂吧？」

我跟他們解釋其實每個人都想回家。

他哈哈大笑說：「這我相信！不過你們得先把法國人修理一頓！你抽菸嗎？這裡有，你自己點一根。服務生，麻煩你給我們這位年輕的戰士一杯啤酒。」

可惜我已經拿了雪茄，所以我只好留在那裡。他們也是一番美意，所以我拒絕不了。雖然如此，我還是有點生悶氣，用最快的速度抽著菸。

爲了要有事做，我把一杯啤酒灌進肚子裡。他們馬上點了第二杯給我，人們知道他們虧欠士兵什麼。提到我們該併吞那些地方，他們也爭論不休。那個戴著鐵錶鍊的校長想要的地最多：整個比利時，法國的煤礦區和一大片俄國的土地。他還舉出非得拿下這些地方的理由，他非常堅持己見，直到所有的人都讓步。接著他開始解釋法國的突破點應該在哪裡，並且不時轉身看著我：「你們要用永遠不變的陣地戰，每次向前推進一點。把這些傢伙扔出去，和平才會到來。」

我回答說，我們認爲不可能突破，因爲對方的軍備太多了。而且戰爭的實際狀況跟一般人想像的不太一樣。

他傲慢地反駁我的說法，還跟我說我不懂。「沒錯，對單一個體來說的確是這樣，」他說，「但是重要的是整體，這你無從判斷，你看見的只是一小塊區域，所以看不見全貌。你盡了義務，拿生命冒險，這是最高榮譽——每個前線的士兵都該得到鐵十字勳章——但是敵方佛蘭登防線得先突破才行，然後從上面進行側面攻擊。」

他哼聲呼氣捻鬍子。「從上往下，全部側面攻擊侵入。然後攻下巴黎。」

我眞想知道他是怎麼想出這些點子的，我灌下第三杯啤酒。他馬上又點了一杯。

可是我決定走人。他又在我袋子裡塞了幾根雪茄，告別時友善地輕輕拍拍我。「一切順利！希望我們能早日從你們那裡聽見好消息。」

我想像的假期不是這樣子的。跟一年前的情況不一樣。這段時間應該是我變了，從前和今日之間有一道鴻溝。以前我不知道戰爭是什麼樣子，我們也駐守在比較寧靜的防線。今天我赫然發現，我不知不覺變得更脆弱了。我已經不習慣這裡，這裡對我來說是個陌生的世界。有些人會問，有些人不會問，但你可以察覺他們對於自己的沉默很自豪。他們經常用一副通情達理的表情說，他們可以理解我不想談這些事情。其實那是他們一廂情願的錯覺。

我寧願自己一個人，那樣就沒有人打擾。所有的人問東問西其實都只是想知道情況有多糟或情況有多好。有的人意見是這樣，也有的人意見是那樣——他們總是很快就聯想到和自己存在相關的事物。我以前肯定也是抱著這種態度生活，但我現在卻無法認同了。

他們對我說太多了。他們有憂愁、目標、願望，我卻無法像他們一樣理解這些。有時我會跟這種人一起坐在酒館花園，我試圖跟他們解釋，我的心願只有一個，就是這樣靜靜地坐著。他們當然可以理解，也承認的確是這樣，要不然就是說深有同感。不過，他們畢竟只是用言語說說，沒錯——雖然他們感覺得到，卻只是半調子，另一半的心思在別的地方。他們被分成兩半，沒有人可以用整個生命去感受。連我自己都無法解釋爲什麼會這樣。

要是我看見他們在房間裡，在辦公室裡，在他們的工作崗位上，我就會莫名被吸引，我也想在那裡，把戰爭拋在腦後。另一方面，這也讓我覺得作嘔，那裡如此狹小，怎麼可能塡滿一個完整的人生，我們應該把這個狹小的世界打碎。正當前線彈片呼嘯飛過坑洞，照明彈升起，傷者被放在帳棚帆布架上運走，伙伴在戰壕裡蜷縮躲藏時，這裡怎麼可以一副沒事的樣子！這裡的人是另一種人，我無法眞的理解他們。我羨慕他們，同時也鄙視他們。我突然想到卡特、亞伯特、謬勒和堤亞登，不曉得他們現在做什麼？他們可能在食堂，也可能在游泳——不久他們又要上前線了。

我房間書桌後有個棕皮沙發。我坐到沙發上。

牆上釘了很多我以前從雜誌上剪下來的圖片，中間還有一些我喜歡的明信片和圖畫。角落有一個鐵製的暖爐，對面牆邊是放我的書的書架。

從軍之前，我曾在這個房間裡生活過。這些書是我用家教酬勞慢慢買來的，其中很多是舊書，例如所有的經典名著，一本是一馬克二十分尼，全都是藍色布面書封的精裝本。因爲我這個人看書喜歡看得徹底，所以我買了全套。我不信任精選集，因爲我不知道編者是否挑選了最優秀的作品出來。所以我總喜歡買下「全集」。所有買來的書我都興沖沖地看完了，但是大部分作品我都覺得不怎麼樣。我覺得現代書籍比較值得一讀，當然，它們的價格也貴多了。其中有些書我不是用正當手段得來的，而是實在是因爲愛不釋手，借了就再也沒有歸還了。

書架有一層放的是教科書。我不怎麼愛惜它們，也快被翻爛了，有些書頁還整頁都被撕掉了，一看就知道原因是什麼。下面放的是筆記本、紙張、信件、圖畫和習作。

我多麼想回憶起當時的情景，卻馬上就感覺到它還在我房間裡，房間的牆面保留了那段時光。我把手靠在沙發扶手上，抬高腿，放鬆自己，舒舒服服地坐在角落沙發的臂彎裡。那扇小窗戶是開著的，窗外仍是熟悉的街景，教堂塔樓聳立在街尾處。桌上有幾枝花、羽毛筆的架子、當紙鎮的貝殼和墨水瓶——其實這裡沒什麼改變。

如果幸運的話，戰爭結束我回來時，這裡還是會保持老樣子。我仍然會坐在這裡看我的房間，並且等待著。

我的心情非常激動，雖然我並不想這樣，因爲這樣是不對的。我想回到過去那種平靜的心馳神往的感覺，跟從前站在我的書籍前時一樣，感受那種激烈無法言喻的衝動。從繽紛書籍的書脊升起的願望的風，請你再次席捲我，把在我內心某處那個沉重死寂的鉛塊融化掉，重新喚醒我對未來的期待與思考時輕盈的歡樂——請重拾我失去的年輕朝氣。

我坐著等待。

我突然想到還得去坎姆利希的母親那裡，也可以順便去拜訪米特史戴特，他應該在兵營裡。我從窗戶看出去，陽光燦爛的街景後方，出現了模糊飄渺的山丘，那畫面慢慢變成明亮的秋日景象——我和卡特及亞伯特正在剝著帶皮烤的馬鈴薯吃。

我不願意想起這些，於是把畫面揮去。我的房間應該說話，它該抓住我，背著我，讓我感覺自己是屬於這裡的。我要仔細傾聽，好讓自己再次回到前線時知道，當回家的浪潮席捲而來時，戰爭就會沉落淹沒，會徹底地結束，不會再侵蝕我們，除了表面上的影響，不會再有支配我們內心的力量了。

書脊並排放在一起，我仍舊熟悉當初我是怎麼排列這些書籍的。我用眼神求它們跟我說話……接納我……往昔的生活，請你重新接納我……無憂無慮的美好生活……求你重新接納我。

我等了又等。

昔日景象不停閃過，可惜它們沒有停下來，只成了陰影和回憶。

什麼都沒有……什麼都沒有。

我愈來愈不安。

一種可怕的陌生感在我心中油然生起。我回不去了，我被隔離在外。即使再怎麼用力地請求，使出渾身解數，一切仍無動於衷。我像是個被判了刑的人，冷漠又傷心地坐在那裡，過去的生活卻轉身離我而去。儘管如此，我還是害怕過份祈求，因爲我不知道這樣做的結果究竟會如何。我是士兵，我必須遵守這一點。

我疲倦地站起來往窗外看，然後拿了其中一本書來翻，本來我打算要閱讀的，卻又把它放了回去，重新拿了另一本，裡面有些地方畫了線作標記。找書、翻書、拿別的書，不一會兒，我身旁已經一疊書，還有匆忙放在一起的紙張、筆記本和信件。

我一聲不響地站在書堆前，好像在等待審判。勇氣盡失。

詞語、詞語、詞語——它們怎麼樣也沒出現在我腦海裡。

我漸漸地把書放回書架上的空位。都過去了。

我悄無聲息地走出房間。

我還沒有放棄。雖然我再也沒有踏進我的房間，但是我仍安慰自己，才幾天的時間不用下定論。我以後……未來……還有好幾年的時間。於是我去兵營找米特史戴德。我們坐在他的房間裡，那裡有股我不怎麼喜歡、卻已經習慣的氣味。

米特史戴德跟我說了一則令我非常震驚的消息。他告訴我，坎托雷克被徵召到後備部隊了。「你想像一下那個情景，」他一邊說一邊拿出幾支不錯的雪茄，「我從野戰醫院回來時遇見他。他伸出他的爪子，嘎嘎叫著：『瞧瞧你，米特史戴德，你過得怎麼樣啊？』我瞪大眼睛看著他，並且回答：『後備兵坎托雷克。公歸公，私歸私，這點你應該比我清楚。跟長官說話時要立正。』你眞該看看他的表情！簡直就是醋黃瓜和未爆彈的雜種！他猶猶豫豫的試圖再次討好我，卻被我罵得更凶。最後他拿出最強的籌碼，偷偷問我：『我該幫你引薦參加特別考試嗎？』你知道的吧，他想提醒我。這下他可惹毛我了，我也要來提醒他一下。『後備兵坎托雷克，兩年前你鼓吹我們到區司令部報名從軍，約瑟夫・貝姆也在其中，他本來不想從軍的。結果他在被正常徵召入伍前三個月就陣亡了。要不是因爲你，他本來可以再等三個月才入伍的。解散，我們以後再說。』我很簡單就調去他那一連了。我做的第一件事就是帶他去儲藏室找一套好看的軍服。你馬上就能看見了。」

我們到達兵營操場時，全連都已經到齊。米特史戴德命令他們稍息，然後開始一一檢查。

接著我看見坎托雷克，差點沒笑出來。他穿的藍色軍服已經褪色，樣式是有下擺的那種，背上和袖子上還有大塊深色補丁，這件衣服之前的主人肯定是個巨人。相較之下，他磨破的黑褲子就顯得太短，長度只到小腿肚。他的鞋子空間寬到有剩，鞋尖朝上，兩側要綁鞋帶，是雙老舊而且硬得跟鐵皮一樣的鞋子。爲了均衡，他的帽子特別小，是頂髒到不行、看起來又悲慘的圓筒形布帽。總之，他就是一副可憐相。

米特史戴德在他面前停下來：「後備兵坎托雷克，鈕釦是怎麼擦的？看來您永遠也學不會。不及格啊，坎托雷克，不及格……」

我內心高興地尖叫。以前坎托雷克在學校就是這樣對米特史戴德訓話的，連語調都相同，「不及格啊，米特史戴德，不及格……」

米特史戴德繼續斥責他：「看看波特歇，他是個榜樣，好好跟他學習。」

我簡直不敢相信我的眼睛。我們學校的工友波特歇也在那裡，而且他還是榜樣！坎托雷克兇惡地瞥了我一眼，恨不得一口把我吃掉。而我只是淡淡地對他冷笑，彷彿不認識他。

他穿制服戴圓筒形布帽的樣子實在太蠢了！從前他在講台上惺惺作態，練習法語不規則動詞時，還用鉛筆戳人，我們竟然怕這種人怕得渾身發抖。這些練習在法國一點用處也沒用。還不到兩年的光景——現在後備兵坎托雷克站在這裡，一點魔力也沒有。他膝蓋彎曲，兩隻手臂跟鍋柄一樣，鈕釦沒擦乾淨，姿勢可笑，是個不像樣的士兵。我實在無法把他跟之前講台上咄咄逼人的樣子聯想在一起。我實在很想知道，如果今天這個可憐蟲還敢來問我這個老兵：「包伊莫爾，法語走的過去式怎麼說？」我會怎麼反應？

米特史戴德暫時讓大家練習散兵隊形。他為了表達善意，特別指定坎托雷克當班長。

不過這裡有個特殊狀況。練習散兵隊形時，班長一定要在隊伍前方二十步左右的距離。如果現在有人下令：向後轉——齊步走！那麼隊伍只需要轉個身就行了，可是這時班長就瞬間變成在隊伍後方二十步，他得快馬加鞭向前跑，才能在隊伍前方二十步。這一共可是四十步，齊步走！齊步走！沒想到，他才剛到位，又傳來向後轉齊步走的命令。他又得快速衝往另一個方向四十步。這種操練士兵只要舒舒服服轉個身走幾步就行了，班長卻得像窗簾木桿上的屁一樣來回狂奔。這個方法是西姆史托斯的整人妙招之一。

坎托雷克不可能向米特史戴德要求特別待遇，因為他曾經讓他留級過。要是米特史戴德在回前線前不懂得利用這個大好機會，那他就太傻了。如果軍隊能給士兵這樣的機會，那死亡也會變得爽快輕鬆點。

此時坎托雷克正像一隻受傷的野豬般跑來跑去，過了好一會兒，米特史戴德下令停止散兵隊形訓練。接著他開始重要的爬行訓練。坎托雷克手肘和膝蓋著地，按規定拿著步槍，移動著他婀娜的身體從我們身邊經過。他氣喘如牛，喘氣的聲音簡直比音樂還動聽。

米特史戴德引用偉大導師坎托雷克的名言來鼓勵他：「後備兵坎托雷克，我們何其幸運，能生活在這個偉大的時代，所以我們要竭盡所能克服艱難。」

坎托雷克把一塊跑到他牙縫的髒木條吐出來，他滿頭大汗。米特史戴德彎下腰，迫切地告誡他：「千萬不能因爲小事忘了偉大的志業，後備兵坎托雷克！」

我很訝異的是，坎托雷克竟然沒有氣炸。接下來的體操時間，米特史戴德更是模仿他模仿得維妙維肖。做拉單槓的動作時，他抓住坎托雷克的褲子臀部的地方，好讓他下巴只能超過橫槓一點點，方便他好好的教誨他一番。以前坎托雷克就是這樣子對他的。

分配任務的時間到了。「坎托雷克和波特歇去拿麵包！帶著手推車去。」幾分鐘後，他們兩人帶著手推車出發。坎托雷克生氣地歪著頭。工友卻非常驕傲，因爲這個工作很輕鬆。

麵包工廠在城裡的另一頭。他們兩個人得來回穿梭整個城市。

「他們兩個做這個差事已經好幾天了，」米特史戴德奸笑說。「有很多人等著看他們。」

「了不起，」我說，「不過，他沒去申訴嗎？」

「他試過！我們的指揮官聽了只是哈哈大笑。他不喜歡老師。更何況，我現在跟他女兒拍拖呢。」

「他會毀了你的考試的。」

「我不在乎，」米特史戴德輕鬆地說。「他的申訴一點用處也沒有，我可以證明他的工作最輕鬆。」

「你不能好好的訓練他嗎？」我問。

「他太驢了。」米特史戴德回答的樣子既高傲又寬宏大量。

休假是什麼？是讓人更搖擺不定，讓所有的事情變得比之前困難。離別已經悄悄混進來了。我的母親一言不發地看著我——我知道她在數日子——她每天早上都很傷心，又過了一天。她把我的背包挪走，她不想被它提醒。

沉思時，時間總是過得很快。我振作起來，陪姊姊去肉舖買幾磅骨頭。這回有特價活動，一大早就有很多人排隊等著買，還有人等到昏倒的。

我們的運氣不好，輪流排了三個小時的隊，結果排隊的長龍竟解散了，因爲骨頭賣完了。

還好我收到糧食配給，我把它交給母親，這樣我們大家都可以吃點有營養的東西。

日子一天比一天難過，母親的眼睛也一天比一天傷心。再四天我就得離開了，我一定得去拜訪坎姆利希的母親了。

我無法寫下我們見面時的情形。這個渾身顫抖、不停啜泣的女人搖著我大聲呼喊，「爲什麼你還活著，他卻死了！」她的淚水幾乎把我淹沒，「爲什麼你們都在那裡？你們怎麼……」她失神地坐到椅子上問，「你看到他了嗎？你見到他了嗎？他是怎麼死的？」

我告訴她，他心臟中了一槍，馬上就倒地死去了。她望著我，懷疑地說：「你說謊。我知道，他死得很悲慘，我感覺得到。我聽見他的聲音，夜裡我感受得到他的恐懼……告訴我實情，我要知道事實，我必須知道。」

「我沒有說謊，」我說，「當時我在他身邊，他馬上就死了。」

她小聲地請求我：「跟我說。你一定要跟我說。我知道你在安慰我。難道你看不出來，對我隱瞞實情比讓我知道眞相更折磨人嗎？我沒有辦法承受這種不確定的感覺，就算眞相很殘忍，也請你告訴我。這比我自己苦思不解好多了。」

我永遠都不會說出來的，就算她把我剁碎也一樣。我很同情她，然而我也覺得她很蠢。她應該想開一點。不管她知不知道，坎姆利希已經死了。當一個人看過這麼多死人後，實在很難理解單一亡者的傷痛。我有點不耐煩地說：「他馬上就死了。他沒有受任何痛苦，他的臉看起來很安詳。」

她沉默不語。然後她緩慢地問：「你能發誓嗎？」

「可以。」

「對著所有神聖的事物發誓？」

天啊，世上還有什麼是神聖的？對我們來說，神聖的定義變得很快。

「沒錯，他當場就死了。」

「如果這不是實話，你永遠不會回來也沒關係？」

「如果他不是當場死亡，我永遠也不會回來了。」

天曉得我還得答應什麼條件。不過，現在她似乎相信我說的話了。她嘆著氣，並且哭了很久。我得敘述當時的情形，我編了一個故事，連我自己都差點相信了。

我要離開的時候，她吻了我一下，並且送了一張他的照片給我。照片中的他穿著新兵軍服，靠在圓桌旁，桌上有大啤酒杯，圓桌的桌腿是沒削樹皮的樺樹木做的。背後是油畫布景，上面畫的是森林。

這是我在家的最後一晚。每個人都很沉默。我很早就上床了，我緊緊抓著枕頭，把頭埋進去。誰知道我還有沒有機會躺在有羽絨被的床上！

母親很晚時還來我的房間。她以爲我睡了，所以我就裝睡。要跟母親說話，要兩個人一起醒著，實在太難了。

雖然她全身疼痛，有時還蜷著身體，可是她還是幾乎坐到快天亮。我最後實在忍不住，於是假裝醒來。

「去睡吧，媽媽，你在這裡會感冒的。」

她說：「我以後多的是時間睡覺。」

我坐起來。「我不會馬上上戰場，我還得去兵營接受四個星期的訓練，也許到時還能找個星期天回來。」

她沒有說話。後來她問：「你很害怕嗎？」

「不會，媽媽。」

「我還要跟你說，小心法國女人。她們很壞！」

啊，母親，母親！對你來說，我還是個孩子，但爲什麼我不能把頭埋在你的懷裡痛哭？爲什麼我一定得堅強冷靜？我有時也想大哭，想被安慰，我其實也沒有比孩子大多少，衣櫥裡還掛著我童年時穿的短褲，那還是不久前的事情，難道這一切已經成了過往？

我努力鎮靜地說：「媽媽，我們那裡沒有女人。」

「在前線要小心啊，保羅。」

啊，母親，母親！我何不乾脆握著你的手，我們一起死去吧。我們只不過是可憐的小狗啊！

「媽媽，我會小心。」

「保羅，我會每天爲你禱告。」

啊，母親，母親！我們站起來離開吧，回到以前的日子，回到沒有痛苦的地方，回到只有你和我的地方，母親！

「也許你可以做不危險的職務。」

「是啊，媽媽。我很有可能會被派到伙房。」

「不管別人怎麼說閒話，這種職務一定要接受。」

「我不會顧慮別人的，媽媽。」

她嘆了一口氣。她的臉在黑暗中像一道白光。「你現在眞的該去睡覺了，媽媽。」

她沒有回答。我站起來，把我的被子蓋在她的肩膀上。她因爲疼痛倒在我的臂彎裡。我扶她回房，還在她房間待了一會兒。「媽媽，我回來時你可得好起來啊。」

「好好好，孩子。」

「你們別再寄你們的東西給我了，我東西夠吃。你們在這裡更需要。」

她可憐地躺在床上，這個愛我勝過一切的女人。我要離開時，她急忙說：「我還幫你買了兩條襯褲，很好的羊毛料，很保暖的。別忘了一起收進包包。」

啊，母親！我知道這兩條褲子是用排隊奔波和乞求的代價換來的！啊，母親，母親！誰能相信我竟然必須離你而去。除了你，還有誰能要求我這樣做？現在我坐在這裡，你躺在那裡，我們有那麼多話要說，卻說不出口。

「晚安，媽媽。」

「晚安，孩子。」

房間非常黑暗，母親的呼吸聲響著，吸氣和呼氣之間夾雜了時鐘的聲音。風在窗外吹著，栗子樹沙沙作響。

我在前廳被自己的背包絆倒。因爲我早上很早就得離開，所以已經打包好放在那裡。

我咬住我的枕頭，用力抓住床的鐵製支架。我不該回來的。在前線，我什麼都不在乎，也不懷抱任何希望。我再也沒有辦法這個樣子了。我曾經是個士兵，現在卻什麼也不是，只是一個爲了自己，爲了母親，爲了絕望深淵痛苦不已的人。我眞的不該回來休假的。

chapter 8

第8章

野外營地我還記得，西姆史托斯就是在這裡訓練堤亞登的。除此之外，這裡的人我幾乎都不認識，按照以往慣例，這裡的人也都換了，只有少數幾個以前看過的臉孔我依稀還認得。

我機械式地執行勤務。晚上我大都在軍人交誼中心，那裡擺了一些雜誌，不過都是我沒興趣看的。我倒是挺愛彈放在那裡的鋼琴。那裡有兩個女服務生，其中一個是年輕女孩。

營區四周圍了鐵絲網。如果我們從交誼廳太晚回到營區，得有通行證才能進去。當然了，如果跟站崗的人交情好，直接進去也不是問題。

我們每天在刺柏樹叢和白樺木樹林間的荒地進行連隊操練。如果沒什麼要求的話，這一切還算能忍受。向前跑，臥倒，士兵的呼吸把荒地上植物的莖和花吹得搖來擺去。當我們非常靠近地面時，可以看見晶瑩剔透的沙子，它們乾淨得跟實驗室用的一樣，是由非常微小的鵝卵石組成的。這樣的沙地讓人忍不住想把手埋進去。

不過最美的是周圍長滿白樺樹的森林，它們無時無刻都在變換顏色。此時，樹幹是非常明亮的白色，樹葉的粉綠色像絲綢般在樹幹間蓬鬆飄動著。下一刻，所有的東西都變成貓眼石般的藍色，邊緣閃著銀光，點綴著綠色。就在此時，太陽被一片雲遮住，另一個地方馬上變深幾近黑色。這個像鬼魂般的陰影沿著蒼白的樹幹跑，經過荒地到達遠處的地平線，接著，白樺樹像白色旗杆的宴會旗，挺立在染成金黃火紅顏色的樹葉前。

我經常迷失在這柔和光線和透明影子的交替變化裡，著迷到忽略了長官的指令。人獨處的時候就會開始觀察並且愛上大自然。我在這裡認識的人不多，也不希望超過正常交往尺度。我和他們不怎麼熟，只能晚上跟他們扯些鬼話，玩玩十七和四的法國紙牌遊戲①或是冒歇爾紙牌遊戲。

①十七和四（Siebzehn und vier）：一種法國紙牌遊戲，參與玩家比賽用兩張或兩張以上的紙牌獲得二十一點，後來美式撲克牌遊戲二十一點即由此演變而來。

我們營區旁是個很大的俄國人戰俘營。雖然我們在四面都架了隔離的鐵絲網，還是有戰俘能夠過來。其實他們大都身材高大而且留著鬍子，但是他們的樣子卻膽怯又害怕，活像被打的聖伯納犬。

他們溜進我們的營區，翻我們的垃圾桶。你可以想像一下，他們在那裡能找到什麼。我們的食物本來就不多了，菜色也很差。水煮蕪菁甘藍切成六塊，沒洗乾淨的紅蘿蔔殘梗，有發霉黑色班點的馬鈴薯已經算是上好料理了，最棒的就是稀薄的米湯，據說裡面有放小小的牛筋，不過這些牛筋大概被切得太小了，怎麼找也找不著。

雖然菜色很爛，但是大家還是會吃光光。如果眞的吃不完，也有另外十個人會樂意接手拿去吃。只有湯匙挖不乾淨的剩菜會被沖進垃圾桶去。此外，桶子裡可能還有蕪菁甘藍的皮，發霉的麵包邊和各種垃圾。

這稀稀、混濁又骯髒的東西就是囚犯的目標。他們貪心地把廚餘從臭烘烘的桶子掏出來，藏在衣服下帶走。

近距離看我們的敵人感覺挺妙的。他們的臉足以發人省思，一副好農人的臉孔，額頭和鼻子都很寬，嘴唇也很寬，手大頭髮又多。我們應該用這些人去耕田、除草或採收蘋果。他們看起來比我們菲仕蘭②的農夫還可靠。

看見他們找食物的動作和乞求的樣子挺令人傷感的。他們看起來很虛弱，因爲他們的食物大概只夠餓不死。我們自己也很久沒吃飽了。他們都感染了痢疾，有些人會偷偷翻出沾滿血跡的衣角給我們看，並且流露出恐慌的眼神。他們的背脊和脖子都彎曲了，膝蓋也挺不直。他們頭歪歪地看著地上，伸出手，用知道的少數德語詞語乞討——用軟弱無力的輕聲低語乞討，那聲音聽起來像暖爐，也像家鄉的小房間。

有些人會踹他們一腳，把他們踢倒。不過，只有少數人會這樣做。大部分的人不會對他們怎麼樣，只是從他們身旁經過。有時候如果他們哀憐乞求得太過火，反而會讓人心中燃起一把無名火，順勢踢他們一腳。這些踢他們的人只是不敢看他們的眼睛——這兩個用拇指就能遮住的小小地方，卻能流露出過多的哀怨。

傍晚他們會來兵營做交易，用他們僅有的所有家當換麵包。有時他們眞的換得到吃的，因爲他們有很好的靴子，而我們的靴子很爛。他們的高筒靴皮質

---

②菲仕蘭（Friesland）：荷蘭省分，境內多為田園景觀，以純樸的農人著名。

美妙柔軟，是俄羅斯皮革做的。我們這裡只有有錢農人的兒子才買得起，因爲他們收到家裡寄來的好東西。這種靴子一雙的價格大概是兩三個軍糧麵包，或者是一個軍糧麵包外加一條小的硬臘腸。

不過幾乎所有的俄國人都已經把家當用光了。他們穿得破破爛爛，試著用榴彈彈片和銅製炮帶做些小玩意來換食物。雖然他們很認眞地做這些東西，不過能換到的食物還是很有限，幾片麵包就被打發了。我們的農人交易時頑強又狡猾。他們把麵包或香腸擺在俄國人鼻子前晃來晃去，直到他們嘴饞到臉色蒼白翻白眼，然後他們就會不計一切把東西交出來。這些農人先是大費周章極盡所能地把戰利品包好，然後拿出拿出厚重的折疊刀，不慌不忙地先幫自己切一塊麵包下來，每吃一口就配上一片上好的硬臘腸，獎賞自己成功掠奪對方。看他們這樣吃點心，簡直氣憤到想狠狠地敲敲他們的豬腦袋。這些人覺得不熟戰俘的習性，所以很少施捨什麼東西給他們。

我經常看守俄國人，黑暗裡常可見他們宛如大鳥的身影。他們像生病的鶴一樣，朝鐵絲網靠得很近，把臉貼在上面，兩手跟爪子一樣抓在網眼上，經常好幾個人站在一起，呼吸著荒地和樹林吹來的風。

他們不常說話，就算說了，也只是短短幾個字。他們比較人性，我幾乎願意相信，他們比我們這裡的人更重兄弟情義。也許是因爲他們覺得自己不幸，而且程度比我們嚴重。然而，對他們來說，戰爭已經結束了。也許等著得痢疾也不算是什麼有指望的人生吧。

負責看守的後備兵說他們從前比較有生氣，彼此也會有衝突，需要用拳頭和刀子解決。現在他們變得遲鈍又冷漠，身體虛弱無力，大部分的人也不再手淫了。以前狀況再怎麼不好，也幾乎整個營房的人都在幹這件事。

他們站在鐵絲網邊，一個人剛走，就會有另一個人來站他的位子。他們大部分的人很安靜，只有少數幾個會苦苦哀求想要抽完菸的濾嘴。

我看著那些黑暗的形影，他們的鬍子在風中飄動。我對他們一無所知，只知道他們是戰俘。這個事實讓我很震撼。他們的生命無名無姓，清白無辜——要是我對他們知道多一點，知道他們叫什麼名字，怎麼生活，有何期待，有何擔憂，那我內心的震撼至少還有個目標，也許會轉爲同情。但是此刻在他們身上，我只能感受到眾生的痛苦、生命的無比沉重和人類的冷酷無情。

只因爲一道命令，這些沉默的形影就成了我們的敵人。同樣地，只要一道命令，他們也有可能變成我們的朋友。在某一張桌子上，一堆人簽了一份文件。簽名的人沒有一個是我們認識的，可是他們卻把殺人這種受到世界藐視和嚴懲的東西，變成了我們的最高目標。看了這些稚氣的臉和耶穌使徒般的鬍鬚後，誰還能區分敵我？對新兵來說，任何一個下士都比他們更像敵人！對學生來說，任何一個首席教師都比他們更像敵人！然而我們還是得對著他們開槍，他們要是自由之身，也得對著我們開槍。

我震驚不已，不能再繼續想下去，否則會無法自拔。雖然現在不是時候，但是我不想放棄這個想法，我要保留它，繼續鎖著，直到戰爭結束。我的心怦怦地跳。這就是我人生的目標嗎？這就是我在戰壕裡尋尋覓覓的生命可能性？這就是經歷了人類大浩劫後獨一無二的偉大事業？這就是未來生命的任務，好讓這些年的恐怖歲月不至虛度？

我拿出香菸，每根都折成兩段，分給那些俄國人。他們向我鞠躬，把菸點燃。現在，有一些人臉上閃著紅色的光點。這景象令我感到安慰，好像是黑暗小村房子裡一扇扇小窗，每扇小窗的後面都是個避風港。

日子一天天地過去。在一個霧茫茫的清晨，又有一個俄國人被埋葬了。每天都有幾個人會死去，那個俄國人下葬時，正好輪到我看守。戰俘們唱著讚美詩歌，他們分成好幾部合唱，聽起來幾乎沒有聲音，倒像是遠方荒地傳來的風琴聲。

葬禮很快就結束了。

傍晚時，他們又站在鐵絲網旁，風從白楊樹的樹林吹向他們。星星給人冷酷的感覺。我現在認識幾個德語說得很好的俄國人，其中有一個是音樂家，他說他在柏林時曾經是個小提琴手。當他聽見我會彈鋼琴時，便去拿他的小提琴拉了起來。其他人坐了下來，背靠著鐵絲圍欄。他站著演奏，眼睛閉上時常常露出小提琴家特有的忘我神情，之後他又隨著節奏輕輕擺動樂器，並且對著我微笑。

他拉的曲子應該是民謠，因爲其他人都跟著哼唱。那聲音像晦暗的山丘，在地底下發出深沉的響聲。小提琴的聲音有如一個苗條的女子，亭亭玉立在山丘上，明亮又孤獨。哼唱的聲音停止時，小提琴仍在繼續演奏——它的聲音在夜裡顯得如此單薄，好像快凍住了。我們得緊緊站在他旁邊才聽得見，在室內的空間應該會好一點——小提琴的聲音在外面孤單地遊蕩，聽起來很傷感。

因爲才剛休過長假，所以我沒有拿到星期日的休假。離開前的最後一個星期日，父親和大姊來看我。我們整天都在交誼中心。不想去軍營的話，我們還能上哪去？中午的時候，我們一起到荒地散步。

這幾個小時非常折磨人，我們不知道該聊些什麼，所以談論母親的病情。現在已經確認是癌症了，她已經進了醫院，過一陣子就要開刀了。醫生希望她會痊癒，但是我們還沒聽過癌症能治好的例子。

「她住在哪個醫院？」我問。

「在路易絲醫院。」我父親說。

「哪種病房？」

「三等病房。我們得先看看手術要花多少錢。她自己要住三等病房。她說這樣有人聊天，而且比較便宜。」

「那她不就得跟很多人住一間？晚上能睡得著就沒問題。」

父親點點頭。他的表情疲憊，臉上布滿皺紋。母親經常生病，不過只有在迫不得已的狀況下才去醫院。儘管如此，還是花了我們不少錢。父親一輩子都在張羅這些。「要是我們知道手術費用多少就好了。」他說。

「你們沒問嗎？」

「沒有直接問，這種事不好直接問——萬一讓醫生變得不友善就糟了，他可還得替你母親動手術。」

是啊，我辛酸地想，我們窮人就是這個樣子，不敢問價錢，只會是擔心得要命。其他沒必要先問價錢的人，卻覺得事先講好價錢是理所當然的。醫生也不會對他們不客氣。

「手術完的包紮費用也很貴。」父親說。

「健康保險完全不會給付嗎？」我問。

「你媽病太久了。」

「你們還有錢嗎？」

他搖頭。「沒有，不過我可以加班。」

我知道他接下來又要在桌邊站到晚上十二點，折疊、黏貼、剪裁。晚上八點他會吃用糧票換來的沒什麼營養的東西，之後呑些藥粉止住頭痛，繼續工作。

爲了讓他開心點，我說了些想到的故事給他聽。內容不外是軍中笑話和將軍或上士被捉弄的故事。

後來我送他們兩個去火車站。他們拿了一罐果醬和母親做的薯餅給我。

然後他們搭車走了，我回到營房。

傍晚時，我在薯餅上塗了一些果醬吃。我覺得味道並不好，所以想把薯餅拿去給俄國人吃。然後我突然想到，這是母親親手做的薯餅，她站在熱烘烘的爐邊煎餅時，可能還得忍著疼痛。想到這裡，我便把整包薯餅放回背包，只拿了兩塊去俄國人那裡。

chapter 9

第9章

我們搭車搭了好幾天。第一架飛機在天空出現了。好幾輛補給彈藥的火車與我們擦身而過。大炮，大炮。後來我們改搭輕軌火車。我尋找我所屬的軍團，沒有人知道在哪裡，反正我就是在某個地方過夜，早上在某個地方吃軍糧，接到某些模糊的指令。我帶著背包和步槍繼續上路，抵達時，那個被炮火摧殘得破爛不堪的地方已經沒有我們這群人的人影。我聽說我們這連變成空降部隊，哪裡戰況激烈就往哪裡去。這讓我的心情不怎麼好，聽說我們傷亡慘重。我打聽卡特和亞伯特的消息，但沒有人知道他們的去向。

我漫無目的地繼續找，那種感覺很詭異。接下來的兩夜，我都跟印地安人一樣野營。後來我得到消息，下午去辦公室報到。

中士把我留在他那裡。我這連兩天後就要回來了，這時派我出去意義不大。「休假還好吧？」他問。「應該很不錯吧，不是嗎？」

「一半一半。」我說。

「是喔，」他嘆氣，「要是不用再離開就好了。通常休假的後半段都會被這個原因搞砸。」

我滿心期待的等著，直到我們這連一大清早灰頭土臉、垂頭喪氣地回來。我跳起來在人群裡推擠尋找，堤亞登在那裡，謬勒在那裡擤鼻涕，卡特和克洛普也在。我們把我們睡覺用的乾草袋床墊排在一起。我看著他們，心裡卻有股罪惡感，儘管我沒有理由這樣覺得。睡覺前我把剩下的薯餅和果醬拿出來與他們分享。

最外面的兩塊已經有點發霉，不過還能吃。我把發霉的留著自己吃，給卡特和克洛普還沒壞的。

卡特一邊咬一邊問：「這是媽媽做的？」

我點頭。

「眞好，」他說，「有媽媽的味道。」

我幾乎哭了出來。連我都不知道自己怎麼了。但是與卡特和亞伯特一起在這裡，還跟其他的人一起，我想情況會好轉的。我是屬於這裡的。

「你運氣好，」克洛普睡前小聲地對我說，「聽說我們要到俄國。」到俄國。那裡已經沒有戰爭了。

遠處仍可聽見前線炮火轟隆的聲音。營房的牆格格作響。

上面命令一道接一道下來，要我們徹底打掃整理。我們從裡到外各方面都要接受檢查。破損的衣物都要換成好的。我因此得到一件全新的軍袍，卡特則是整套換新。這時謠言四起，有人說和平即將到來，不過我看我們被派到俄國的機率可能高一點。但是到俄國有必要穿比較好的衣服嗎？搞了半天，原來是皇帝①要來視察，所以上面才弄了這些裝模作樣的把戲。

八天來，我們簡直有如身在新兵營裡，我們的工作操練都是菜鳥才做的，令人既火大又緊張。超過正常尺度的清潔工作根本不是我們做得來的，閱兵行進我們更沒有興趣。對士兵來說，做這些事比守戰壕更令人憤怒。重要時刻終於來臨了。我們站得直挺挺的，皇帝終於駕到了。我們都很好奇他長什麼模

①此處皇帝是指德意志帝國皇帝威廉二世（Wilhelm II von Deutschland，1859-1941），威廉二世於一八八八年至一九一八年在位。

樣。他在隊伍前面慢慢邁步行走，其實我還挺失望的。看照片的印象，他應該更高更有力。我想像中的他，聲音應該像打雷般宏亮。

他頒發了鐵十字勳章，跟士兵說說話，然後我們就退下了。

後來我們聊天聊到這件事。堤亞登訝異地說：「這是所有人裡最高高在上的人。在他面前，每個人都得站得筆挺，每個人都得這麼做耶！」他想了一下，「連總參謀長興登堡②都得站得直直的，對吧？」

「沒錯。」卡特確認地說。

堤亞登話還沒說完。他思考了好一陣子後問：「國王遇到皇帝也得立正站好嗎？」

沒有人知道確切的答案，不過我們不這麼認為。這兩個人的位子都已經這麼高了，應該不需筆直站好了。

「你胡思亂想個什麼勁啊？」卡特說。「重要的是，你本人得站得筆挺。」

---

②興登堡（Hindenburg，1847-1934）：德國著名政治家，第一次世界大戰時任陸軍總參謀長。

但是堤亞登對這件事很著迷，他向來枯燥無味的幻想忽然開始冒泡。

「看喔，」他說，「我眞的無法想像皇帝跟我一樣也得上廁所。」

「他當然得上廁所。」克洛普笑了。

「別在那裡鬼扯屁了，」卡特補充說，「你腦袋長虱子啊，堤亞登。你自己趕快去上廁所，腦袋清醒清醒，才不會像包尿布的小孩一樣說話。」

堤亞登一溜煙消失了。

「有件事我倒是很想知道，」亞伯特說，「如果皇帝當時說不，那麼這場仗還會打嗎？」

「我覺得戰爭肯定還是會發生，」我插話，「聽說他原來根本不想打仗。」

「好吧，如果不只是他一個人，而是世界上像他那樣的人有二三十個拒絕打仗呢？」

「這樣應該就不會有戰爭了吧，」我承認，「但是偏偏他們說要。」

「仔細想想，眞的很奇怪，」克洛普繼續說，「我們在這裡是爲了捍衛祖國，但是法國人也是在捍衛祖國。這兩方誰對呢？」

「兩方都對吧！」我說，但連我自己都不信自己說的話。

「但是現在，」亞伯特說，我看見他的表情，一副要追問到底的樣子，「我們的教授、牧師和報紙都說我們才是對的，希望這是事實，但是法國的教授、牧師和報紙一定也認爲他們才是對的。這到底是怎麼一回事？」

「我不知道，」我說，「總之，戰爭還是發生了，而且參戰國每個月都在增加。」

堤亞登又出現了。他還是很興奮，馬上加入談話，他想探討戰爭是如何發生的。

「大多是因爲某個國土侵犯了另一個國土。」亞伯特語帶優越的回答。但是堤亞登不以爲意。「國土？我不懂耶。德國的山又不會侵犯在法國的山。河流、森林、小麥田也不會。」

「你是眞蠢還是裝傻啊？」克洛普嘀咕說。「我不是那個意思。我是說一個民族侵犯另一個民族……」

「那我沒必要在這裡，」堤亞登反駁，「我完全沒有受侵犯的感覺。」

「你眞的很難教耶，」亞伯特生氣地說，「這其實也不干你這個鄉巴佬的事。」

「那好，那我馬上就可以捲舖蓋走人，」堤亞登固執地說，所有人都笑了。

「唉喲，民族是一個整體的概念，指的是一個國家。」謬勒叫了起來。

「國家，國家……」堤亞登狡猾地彈著手指，「戰地憲兵、警察、稅收，這是你們的國家。如果你們需要國家的話，請便。」

「沒錯，」卡特說，「你第一次說對話，堤亞登。國家和家鄉截然不同。」

「但他們是一體的。」克洛普若有所思的說，「沒有國家的家鄉根本不存在。」

「話是沒錯，但是想想看，我們都是簡單的普通人。在法國，大部分的人也是工人、做手藝的人或小公務員。為什麼法國的鎖匠或鞋匠要攻擊我們？這不是他們的意圖，而是政府的。在我上前線前，根本沒見過法國人，我想大部分的法國士兵也是。但是沒有人問我們的意見。」

「戰爭到底為了什麼呢？」堤亞登齜牙咧嘴地問。

卡特聳聳肩。「一定有些人從戰爭中撈到好處吧。」

「我沒得到什麼好處。」堤亞登奸笑。

「你沒有，這裡的人都沒有。」

「那到底誰得到好處了？」堤亞登固執追問。「皇帝也沒得到什麼好處。他反正想要的東西都有了。」

「這可不一定，」卡特回話，「他到現在沒打過仗。每個偉大的皇帝都至少打過一場仗，不然不會名留千古。翻翻你的教科書就知道了。」

「將軍也會因爲戰爭出名。」得特林說。

「而且比皇帝還出名。」卡特篤定地說。

「而且一定有不少想發戰爭財的人在後面鼓吹。」得特林說。

「我想，這就像是發燒，」亞伯特說，「其實沒有人眞的想打仗，但是戰爭就突然來了。我們不希望有戰爭，其他人也這麼認爲。儘管如此，還是幾乎半個世界都跑進來攪局。」

「對面的人撒的謊比我們的大，」我回答，「還記得戰俘身上的傳單竟然寫著我們會吃比利時的小孩。他們應該吊死寫這些東西的人。這些人才是眞正的罪魁禍首。」

謬勒站起來。「總之，戰爭地點在這裡還是比在德國好多了。看看那些充滿彈坑的戰場！」

「這倒是眞的，」連堤亞登都贊成，「不過沒有戰爭就更好了。」

他自豪地走開了，因爲他總算給我們這些人上了一課。在這裡，他這種意見其實很有代表性，經常能聽得見，也無法反駁。接受了這種說法就等於放棄理解其他因果關係。軍人的國家意識之所以存在，是因爲身在戰場。然而，軍人的國家意識也僅限於此，其他的事情幾乎都是依個人經驗評斷。

亞伯特生氣地躺在草地上。「如果沒有討論這些東西就更好了。」

「討論了也於事無補。」卡特附和。

更沒必要的是，我們得歸還拿到的新衣服，領回舊破爛。好東西只是閱兵時用的。

我們並沒有去俄國，倒是又上了前線。途中我們經過一個慘兮兮的森林，樹幹斷裂，土地也被炸翻了，有好幾個恐怖的大洞。「天啊，這裡也被炸得太徹底了。」我對卡特說。

「地雷投擲器。」他回答，然後手指著上面。樹枝上掛著一個死人。一個赤裸裸的士兵掛在樹枝分岔的地方，他的頭盔還在，其他衣物都不見了。樹上只掛著他的上半身，屍體的腿不見蹤影。

「這是怎麼一回事？」我問。

「他被地雷拋到衣服外面。」堤亞登嘀咕說。

卡特說：「這很有趣，不過我們親眼看過好幾次了。踩到地雷眞的會被炸得脫掉衣服。應該是氣流沖擊的關係。」

我繼續找。眞的是這樣。那裡還掛著軍服的殘骸，另一個地方黏著血淋淋的肉醬，那肉醬原來是人類的四肢。那裡還有另一具屍體，只有一條腿上還看得見內褲碎片，脖子上也有軍袍的衣領，其他地方都是光溜溜的，樹上軍服碎片掛得到處都是。屍體缺了手臂，樣子像是被扭掉的。我在距離二十步的樹叢裡發現了其中一條手臂。

那個死人臉部朝下。手臂受傷處的地面都被血染黑了。他腳下的樹葉被刮得亂七八糟，彷彿他死前還用力踩過一樣。

「一點也不有趣，卡特。」我說。

「肚子裡有榴彈彈片也不有趣。」他聳聳肩說。

「不能軟弱啊。」堤亞登說。

這一切應該是不久前的事，血跡還挺新鮮的。因爲所有我們找到的人都已經死了，所以我們決定不久留，而是通知救護站。畢竟這不是我們的事，而是救護兵的職責。

爲了確認敵方陣地的情形，我方得派出一個偵察隊。因爲休過假的緣故，我對其他人有份特別的感情，所以我自願參加。我們商量計畫，先爬過鐵絲網，然後分道個別前進。過了一會，我發現一個平坦的彈坑，於是滑了進去，從那裡窺探外面的動向。

這個基地有中等的機關槍火力，它從四面八方掃射，雖然不是火力強大，但是也足以讓人站不起來。

一顆照明彈炸開了。整個地區僵硬地籠罩在慘白的光線下，隨後黑暗再度降臨，顯得比之前更黑暗。剛才在戰壕時，他們說我們前方有黑人部隊。這可就不妙了，因爲黑夜裡根本看不清楚他們，況且他們當偵察隊特別靈活。奇怪的是，他們也不怎麼精明——卡特和克洛普都有射擊過敵方黑人偵察部隊的經驗，因爲當時他們菸癮發作，竟然在路上抽起菸來，卡特和亞伯特只要瞄準點燃的菸頭就行了。

我旁邊有顆小型榴彈落地爆炸。因爲我沒注意到它朝我的方向發射，結果嚇了一大跳。此時，突然有一股莫名的恐懼感湧上來。我現在孤單一人，無助地在黑暗裡——搞不好某個彈坑裡已經有兩隻眼睛觀察我很久了，他手中的手榴彈已經準備丟出來把我炸得稀爛。我試著振作。這不是我第一次偵察，這回任務也不算特別危險。但是這是我休假後第一次出任務，更何況這個基地我還很陌生。

我告訴自己沒必要大驚小怪，黑暗裡應該沒有人埋伏，否則怎麼可能射擊得這麼低。

可惜自我安慰一點用都沒有。混亂中，腦袋裡的各種想法嗡嗡地響個不停——我聽見母親警告我的聲音，我看見俄國人站在鐵絲圍欄邊，他們的鬍子在風中飄動著。我想像著有沙發的食堂，那印象如此鮮明美妙。我想像在瓦朗謝訥③的電影院，幻覺中，我看見灰暗無情的機關槍槍口在窺視我，不管我的頭怎麼轉，它就是無聲無息地對著我，我看得痛苦又害怕，汗水從所有毛孔一滴滴冒出來。

我仍舊躺在這個淺淺的彈坑裡。我看看錶，才過了幾分鐘。我的額頭溼答答的，眼眶溼潤，手在發抖，輕輕喘著氣。這不過是嚴重的恐懼症發作，我不

③瓦朗謝訥（Valenciennes）：法國東北小鎮，第一次世界大戰發生後，一九一四年就遭德國占領，直到一九一八年才由英國與加拿大軍隊奪回。

過是怕得跟狗一樣，不敢把頭伸出去繼續匍匐前進。

我的緊張漸漸融化，軟趴趴地跟粥一樣，變成想繼續躺在這裡的願望。我的四肢貼在地面上，試圖把腳移開地面，卻沒有成功。我用力掘入土地，無法前進，於是決定繼續躺著。

我馬上被另一波浪潮沖擊，那是一種羞恥、後悔和安全感混在一起的感覺。我稍稍抬起身體看外面。我的眼睛刺痛不已，我凝望黑暗。照明彈又升起了，我再度低頭蜷伏。

我正在打一場沒有意義的混仗，我想爬出彈坑，卻又一再滑進去，我對自己說：「你得出去，那是你的伙伴，不是什麼愚蠢的命令。」才剛說完我又聽見：「這跟我有什麼關係，我只有一條命能丟……」

都是休假搞的鬼，我惱羞成怒地爲自己找藉口。這原因連我自己都不相信，現在的我軟弱無力到極點，只好慢慢起身，把手向前伸，拖著背脊，半個身子趴在彈坑邊緣。

這時，我聽見一陣響聲，馬上縮回彈坑。儘管有大炮的聲音，我還是聽得見這個可疑的聲音。我仔細聽，發現聲音是從後面傳來的。那是我們的人的聲音，他們正在戰壕裡面走動。現在我又聽見一個低沉的嗓音，很有可能是卡特說話的聲音。

一股無比溫暖的感覺流過我全身。這些嗓音，這些寥寥無幾的詞語，這些戰壕裡的腳步聲，一下子把我從無盡的孤寂和死亡的恐懼裡拉出來，沒有它，我可能早被孤寂吞噬了。這聲音比我的生命更可貴，比母愛和恐懼更無價。它是世界上最堅強的保護力量。是的，這力量正是伙伴的聲音。

我不再是黑暗裡嚇得渾身發抖的膽小鬼，我屬於他們，他們也屬於我。我們有同樣的恐懼，同樣的生命，我們心連心，就是這麼簡單，卻又無比複雜。我想把臉埋進這個聲音裡，埋進這些曾經拯救我、未來也會支持我的幾句話裡。

我小心翼翼滑出彈坑邊緣，像蛇一樣貼著地面前進。接著我用四肢匍匐前進，過程挺順利的。我觀察方向並且環顧四周，留意炮火狀況，方便待會回去。然後我試著聯絡其他的人。

我還是害怕，不過這種恐懼是理性的，是種非比尋常的警覺心。夜裡颳著風，炮火發出閃光時可以看見影子來回地晃動。透過炮火光線看見的既太少又太多。我常常全神貫注地凝視，卻沒發現什麼。我前進了很遠，然後又繞了一圈回來。沒聯絡上到我們的人。每接近我們的戰壕一米，我就多了一點信心，不過我也愈來愈急躁。要是現在還錯過機會可就大事不妙了。

這時，我突然被另一種恐懼淹沒。我無法辨識方向。我悄悄地蹲在一個彈坑裡，試圖辨認方向。曾經有人開心地跳入彈坑，進去後才發現跳錯地方了，而且這種事還發生過不止一次。

過了一段時間，我又開始仔細聆聽周圍動靜。我還是找不到方向。錯綜複雜的彈坑讓我眼花撩亂，我緊張得不知道該轉哪個方向。說不定我的方向和戰壕是平行的，那這樣一輩子也找不到，於是我又轉了個方向。

可惡的照明彈！我覺得它們好像亮了一小時，我根本動彈不得，一動就會有子彈圍著你咻咻發射。

這樣下去也不是辦法，我一定得出去。我斷斷續續向前，如螃蟹般在地面上爬。和刮鬍刀一樣銳利的彈片刺傷了我的手。有時我覺得地平線處的天空似乎亮了一點，不過這也有可能是錯覺。這時我漸漸發覺，其實我是在爲自己的生命而爬。

一顆榴彈爆炸了，接著又來了兩顆。炮轟開始了，機關槍也達達地作響。眼前除了繼續躺著沒有別的辦法。看來敵方開始進攻了，到處都有照明彈不停地發射。

我屈著身體躲在一個大彈坑裡，腿泡在水裡，水深到我的腹部。進攻開始，我就要沉入水裡，深到不至於窒息的程度。我要把臉泡在污泥裡裝死。

我忽然聽見炮火朝我的方向傳來，於是我馬上滑入水裡，頭盔罩住脖子，嘴巴露出水面一點點，剛好可以呼吸。

我一動也不動地躺在那裏，——某個地方傳來咯咯的聲音，那個聲音越來越近——我所有的神經都繃了起來。那個聲音經過我的上方，第一個部隊走過去了。而我的腦袋裡只有一個破碎的想法，萬一有人跳進你的彈坑裡，應該怎麼辦？——我急忙抽出我的匕首，把它抓得緊緊地，連手一起藏在泥漿裡。如果有人跳進來，我會馬上刺過去。要是他敲打我的額頭，我會馬上切斷他的喉嚨，以免他尖叫求救。目前沒有別的方法可行，他會跟我一樣受到驚嚇，我們兩個都會因爲害怕而撲向對方，所以我得先下手爲強。

我方的大炮開火了，一顆炮彈在我附近爆炸。這讓我氣得火冒三丈，我竟然差點被自己人的大炮打中。我一邊咒罵，一邊咬牙切齒地躲進污泥，憤怒的情緒爆發完後，我只能嘆氣和祈求。

榴彈的爆炸聲震耳欲聾。如果我們的人反擊的話，我就自由了。我把頭緊貼在地面上，聽著遠方類似礦坑爆炸的低沉爆炸聲——然後又抬起頭，仔細聽上面的動靜。

機關槍掃射不停，我知道我們的鐵絲網障礙物很堅固，幾乎沒辦法攻破——其中一部份還帶有高壓電。炮火愈來愈強了，他們肯定沒辦法穿過，他們得回頭。我再度往下沉，緊張萬分。我聽見東西摩擦的窸窸窣窣聲、爬行和撞擊的嘎嘎聲，還有一聲刺耳的尖叫聲。有人被射中了，看來敵方的進攻失敗了。

現在天色亮了一點。急促的腳步聲在我身旁響起，第一批人過去了，又來了一批。機關槍連續掃射不停。我正想轉身時，突然聽見吵雜的聲音，接著有個人重重啪的一聲掉進彈坑，滑倒摔在我身上。

我什麼也沒想，我連決定都來不及下就迅速刺了他一刀，接著只感覺到他的身體抽動了一下後就無力地倒下了。我回過神來時，發現我的手又黏又溼。

他呼吸急促。那聲音在我耳裡聽起來彷彿在怒吼，每個呼吸都像吶喊，像雷鳴——但那只不過是我自己血管的脈動。我想把他的嘴堵住，把泥土塞進去，或者再補上一刀，他得安靜下來，不然他會洩漏我的藏身之處。我猛地意識清醒過來，也突然虛弱到無法繼續撐著他。

我爬到最遠的角落，待在那裡，眼睛繼續觀察著他，手緊緊抓著刀子。如果他還動的話，我準備再刺他一刀——但是我從他的喘息聲就知道，他不會再抵抗了。

我無法清楚看見他。此刻我心裡只有一個願望，盡快脫身。要是不趕緊走，等一下天色就會太亮，光是現在要走就很難了。當我試著把頭伸出來時，發現根本不可能走得了。機關槍掃射密集得不得了，恐怕我跳出來之前就會被打得千瘡百孔。

我再試一次用把頭盔往上挪一點，試探機關槍掃射的高度。過了一會兒，我的頭盔就被子彈打中，彈出我的手。看來這區的炮火高度非常低，我距離敵軍陣地又不夠遠，想脫身恐怕沒辦法避開狙擊手的射擊。

天色愈來愈亮。我心急地等著我們的人發動進攻。我緊緊握著拳頭，手指關節骨的地方都變成白色了，懇求炮火快停息，懇求我的伙伴快來。

時間一分一分地過去。我不敢直視彈坑裡那個黑暗的形體。我費力地往那裡看，並且等待。炮火呲擦作響，像輻射網一樣密，就是沒有停下來的跡象。

我看見自己血腥的手，突然覺得一陣噁心。我抓了一些泥土抹在皮膚上。

至少現在手看起來很髒，看不見血跡。

炮火完全沒有減弱的跡象。兩方的實力相當，大家肯定已經認定我失蹤了。

清晨一大早天色已亮，卻仍然灰濛濛的。喘氣的聲音繼續傳來，我把耳朵塞住，沒一會兒又把手指放開，否則我連外頭的動靜都聽不見了。對面的形體動了一下。我嚇了一跳，不由自由主往那裡望，現在我的視線再也離不開他了。留著小鬍子的男人躺在那裡，他的頭歪向一邊，一隻手臂半彎，頭垂在上面。他的另一隻手放在胸口，還流著血。

我告訴自己，他已經死了。他一定早就死了，沒感覺了，在那裡喘息的只是他的身體。但是那個頭試圖抬起，呻吟的聲音愈來愈大，後來額頭又垂到手臂上。那個人還沒死，他正在死亡，可是他還沒死。我往那個方向移動，停下來等了一下，用手撐住，繼續滑過去，等待，滑過去，這三米的距離，眞是長得可恨。我終於到他身邊了。

他眼睛打開了，應該是聽到我的聲音的緣故。他表情驚恐地看著我，身體一動也不動，然而，他的眼睛卻已經展開大逃亡了，我甚至有那麼一刻相信，它們會有力量喚醒身體跟著一起逃。一口氣逃好幾百公里。他的身體一動也不動。完全靜止，沒有任何聲音，喘息聲也沉寂下來了，但他的眼睛仍在尖聲怒吼，那裡凝聚了所有的生命力，變成一股無止盡的逃亡力量，對死亡的極端恐懼，還有對我的恐懼。

我彎下來，手肘撐著身體。「千萬不要……千萬不要……」我喃喃自語。那對眼睛一直盯著我，我身體無法動彈。

他的手慢慢地從胸口滑下，只動了一點點，幾公分的距離。但是這個動作削去了眼睛的力量。我彎下腰，搖搖頭低聲說：「不，不，不。」我舉起一隻手，我得讓他知道我想幫助他，我摸摸他的額頭。

我的手伸過去時，他的眼睛縮了一下，現在他的眼睛不再用力瞪著人看，睫毛垂了下來，氣氛緩和了一點。我把他的衣領打開，把他的頭放在舒適的位置。

他嘴巴半開，嘴唇很乾，努力開口想說話。我的水壺沒帶在身邊，但是彈坑的底部有泥水。我爬到下面，拿出手帕，打開後往下壓，用手心捧著過濾的黃色泥水。

他吞了幾口，我又去取新的水。接著我打開他的軍袍，想替他包紮。我非這麼做不可，這樣萬一敵方的人逮到我時，看見我幫他，才不會立刻開槍殺了我。他試圖抵抗，但是他的手軟弱無力。他的軍服黏住了，因爲鈕釦在後面，所以也很難從兩旁打開。看來除了剪開他的衣服，沒有別的辦法可行了。

我找到刀子。當我開始割開他的軍服時，他的眼睛又睜開了，他的眼神裡重新充滿了怒吼與瘋狂的表情。我不得不用力闔上他的眼睛，低聲說著：「我是要幫你，伙伴，伙伴，伙伴，伙伴。」我急促地說著這個字，好讓他聽懂。

他身上有三處被刺傷，我用急救敷料蓋住，血不停地流出來，我用力壓住，於是他呻吟起來。

這是我唯一能做的事。我們現在只能等待，等待。

這幾個小時眞難熬啊。他又開始喘氣了——人死的過程眞緩慢啊！我知道他沒救了，雖然我嘗試說服我自己他還有救，但是到了中午，這個想法就被他的呻吟給毀滅了。要不是我爬行時弄丟了手槍，我現在會給他一槍。我無法再下手刺他了。

中午，我在思考的極限邊緣半睡半醒，肚子餓得發昏，我差點沒因爲想吃東西而哭出來，可是我無法抵抗飢餓。我又幫垂死的人拿了好幾次水，自己也喝了一點。

這是我第一次親手殺人，可以親眼目睹他死亡的過程，他的死亡是我的作品。卡特、克洛普和謬勒用槍打中人時也看過，很多人都看過人死的過程，這種事常發生在肉搏戰。

這垂死的人每一次呼吸都刺傷著我的心，他有好幾個小時的時間可以這麼做，他有一把無形的刀，可以把我刺死，那把刀就是時間和我自己的思想。只要他能夠繼續活下去，我願意付出一切代價。但是躺在那裡看著他、聽著他的聲音，眞的非常無助。

下午三點，他死了。

我鬆了口氣，但只維持很短的時間。我馬上就覺得寂靜比呻吟聲還難忍受。我希望可以再聽見喘息聲，斷斷續續沙啞的、突然又像哨音般輕微的，然後又變成沙啞響亮的聲音。

不管我做什麼，都沒有意義。但是我必須找事做。我把死者放好。儘管他已經沒感覺了，還是讓他躺舒適一點。我闔上他的眼睛，它們是棕色的，頭髮是黑色的，兩旁有點捲。

他鬍子下面的嘴巴豐滿又柔軟，鼻子有點鷹鉤鼻，皮膚黝黑，不像之前還活著的時候那麼蒼白。有那麼一剎那時間，他的臉甚至看起來像個健康的人——然後突然迅速衰敗，成了陌生的死人容貌，那容貌我經常看見，它們都是一個樣。

他的妻子現在肯定在想念他，她不知道發生了什麼事。他也許常常寫信給她——她還會收到他的信——明天，一個星期後，也許一個月後還會收到延誤的信。她會讀那封信，他會在信中對她說話。

我的狀況愈來愈差，沒辦法停止思考。他的妻子長什麼模樣？和運河旁的膚色較深身材纖細的女子長得一樣嗎？她不是屬於我的嗎？也許經過這件事她就變成我的了！要是坎托雷克現在坐在我旁邊的話！要是母親看到我現在這個樣子。要是我能記清楚回程的路，死者肯定還能多活三十年。要是他當初往左邊多跳兩公尺，他現在會躺在那邊的戰壕，寫信給他的妻子。

我不能再想下去了，這是我們所有人的命運。當初坎姆利希要是把腿多往右邊挪十公分的話，要是海爾能夠多往前彎五公分……

寂靜不斷延伸，我喃喃自語，我得說話才行。我對著他說話：「伙伴，我其實不想殺你的。要是一切重來，你再跳進來一次而你也夠理智的話，我就不會這麼做了。但是剛才你在我眼裡只是一個想法，一個存在我腦中並催促我決定的聯想——我刺死的是這個聯想。我現在才看清楚，你跟我一樣是人。我剛才想的卻是你的手榴彈、你的刺刀和你的武器——現在我看見你的妻子，你的容貌和我們的共同點。原諒我，伙伴！我們太晚看見這個事實。爲什麼沒人告訴我，你們和我們一樣都是可憐蟲，你們的母親和我們的母親一樣害怕，我們一樣都怕死，我們都會死亡，我們都會痛苦。原諒我，伙伴，你怎麼可能是我的敵人。要是我們能把這軍服和武器丟掉，你跟我可能是好哥兒們，就像卡特和亞伯特一樣。伙伴，請你拿走我二十年的生命，站起來吧——你可以多拿一些，因爲我不知道我的生命該用來做什麼。」

四周一片寂靜，前線除了步槍聲響外非常安靜。子彈射擊非常密集，它們不是毫無計畫亂射，而是從四面八方精確瞄準才發射的。我出不去。

「我要寫信給你的妻子，」我急急忙忙地對著死者說，「我要寫信給她，她應該從我這裡知道這個消息，我會把我跟你說的話告訴她，她不會受苦的，我會幫助她，還有你的父母和你的孩子。」

他的軍服仍然半開著，皮夾很容易就找到了。但我遲遲不敢打開。皮夾裡有寫著他名字的小本子。只要不知道他的名字，也許我還可以忘記他，時間會沖淡這個景象。他的名字就像一根釘子，深深打進我心裡，怎麼也拔不出來了。這名字有力量可以喚醒這一切，這一切會不斷重現在我眼前。

我把皮夾拿在手裡，下不了決定。它掉在地上打開了，裡面掉出了幾張照片和信件。我把它們撿起來，想放回去。但是此時我壓力很大加上局勢未明、飢餓、危險、與死者相處的這幾個小時，這一切都讓我覺得非常絕望。我想盡快得到解脫，把這種折磨放大後結束，就像用一隻已經疼痛萬分的手去捶樹，不管會發生什麼事都不會在乎了。

那是一個女人和一個小女孩的照片，都是窄版的業餘攝影，在一道爬滿長春藤的牆前面照的。照片旁邊夾了幾封信，我拿出來試著閱讀。大部分的內容我看不懂，我只會一點點法語，要讀懂信實在太困難。但是我翻譯得出來的每個字都像子彈般打入我的胸膛，像刀一樣刺入我的胸膛。

我受到太多刺激，但是我還知道我們是禁止寫信給這些人的，我剛才想的都是白想。這是不可能實現的。我重新看了一次照片，不是有錢人。以後我賺錢，可以匿名寄錢過去。我抓著這個想法不放，至少這是個小小的支柱。死者已經跟我的生命連在一起了，所以我要盡一切努力，承諾所有的事，才能拯救自己。我盲目地發誓，我發誓要爲了他和他的家人而活。我跟他說得口沫橫飛，希望可以藉此得到解脫，其實我心裡還有個如意算盤，如果能順利脫身，可以到時候再考慮怎麼做。於是，我把小本子打開慢慢讀著：傑哈·度瓦，排版工。

我用死者的鉛筆在信封上寫下地址，然後快速地把所有東西塞回他的軍服。

我把排版工人傑哈·度瓦殺死了。我思緒亂成一團，想著我也要當排版工人，排版工，排版工……

下午我的心情平靜了一點。我的恐懼沒什麼道理，這個名字不再困擾我了，爆發的情緒也已經平息。「伙伴，」我冷靜地對死者說。「今天是你，明天也許就輪到我了。伙伴，如果我逃得過，我一定會對抗把我們兩人都給毀了的原因。這原因讓你付出了生命，但這原因會拿走我什麼呢？也是生命嗎？我答應你，伙伴。這種事情再也不會發生了。」

太陽斜掛在西方，我又餓又累，昏昏沉沉。昨天對我來說跟霧一樣。我早已不抱希望離開這裡，於是我打起盹來，沒想到已經傍晚，黃昏暮色降臨了。現在時間突然變快了，還有一小時就天黑了。要是夏天的話，可能還要等三小時。

現在我突然開始發抖，擔心會有什麼變卦。我不再想著死者，他對我來說已經不重要了。我突然有了想活下去的貪念，之前我想的東西都沉沒了。爲了免於遭遇不幸，我像台機器一樣說個不停：「我會遵守我的承諾。」但我現在就知道其實我做不到。

我突然想到，我爬出去的話，有可能被自己的伙伴開槍射擊，他們不知道是我。我得先聲奪人，讓他們聽見我的聲音。在他們回答我之前，我會一直待在戰壕前。

第一顆星星出現了。前線很安靜，我深吸一口氣，心情激動地自言自語：「現在別幹傻事，冷靜，保羅，冷靜冷靜，保羅，然後你就得救了。」喊自己的名字很有用，這樣感覺好像是別人在跟我說話，力量比較強。

天色愈來愈暗。我的情緒比較不激動了，我小心翼翼地等待第一批火箭升空。然後我就要爬出彈坑。我已經忘了死者。夜晚正在拉開序幕，田野被照得慘白。我看見一個彈坑，趁著光線熄滅時趕緊跑過去，繼續摸索，跳到下一個彈坑，屈著身子躲起來，繼續前進。

我靠得更近了。我在火箭的亮光下看見鐵絲網那裡有東西在動，後來又定住躺下不動。後來我又見到我們戰壕的伙伴，但是到認出我們的頭盔前，我都非常小心，後來我開始喊叫。

接著有人喊著我的名字：「保羅，保羅。」

我回喊。是卡特和亞伯特，他們帶著帳棚帆布找我。

「你受傷了嗎？」

「沒有，沒有。」

我們滑進戰壕。我要了東西來吃，狼吞虎嚥地吃完。謬勒給我一根菸，我三言兩語交代了發生的事。這不是什麼新鮮事，這種事情經常發生。夜間進攻才是新聞。卡特在俄國時，曾經在前線後躺了兩天，後來才突破防線回來。

對於死去的排版工我隻字未提。

隔天清晨，我實在忍不住了。我得跟卡特和亞伯特說。他們兩人都安慰我。

「你根本別無選擇。你還能怎麼辦，你就是爲了消滅敵人才來到這裡的！」

聽了他們的話，我覺得很放心，而且他們在我身邊讓我感到很安慰。我當時在彈坑裡不曉得胡說八道了什麼。

「你看那裡。」卡特指著說。

護牆邊站了好幾個狙擊手。他們帶著佩有瞄準望遠鏡的步槍，隨時窺視對面動靜，偶爾會有槍聲響起。這時我們聽見了叫喊聲。「命中了嗎？」「你看見他彈起來多高嗎？」歐利希下士驕傲地轉過身，把他的分數記下來。今天的射擊記錄表顯示他命中三槍，毫無疑問登上今天的榜首。

「你怎麼說？」卡特問。

我點點頭。

「他如果這樣繼續射下去，他今天晚上鈕釦裡就會多一隻彩色小鳥④。」克洛普說。

「要不然就很快升到副中士。」卡特補充說。

我們看了彼此一眼。「我不會幹這種事。」我說。

「無論如何，」卡特說，「現在看到這種事，對你來說也不錯。」

歐利希下士走回護牆。他的步槍槍口來來回回瞄準目標。

「所以你的事根本沒什麼好提的。」亞伯特點頭說。

現在連我自己都搞不懂自己當時在想什麼了。

「可能只是因爲我被迫和他躺在一起那麼久。」我說。戰爭就是戰爭。

歐利希的步槍短促單調地響著。

④指勳章。

chapter 10

第10章

這回我們的差事很不錯，八個人留守一個被炮彈摧殘到得遷村的村落。

我們主要的工作是看管還沒撤空的軍糧處。我們得自己從存糧中找東西來吃，這當然難不倒我們，卡特、亞伯特、謬勒、堤亞登、列爾、得特林整組人都在。海爾死了。不過這已經算幸運了，其他班的傷亡比我們更慘重。

我們找了一個水泥砌的地下室當避難所，這個地下室有戶外樓梯可以進入，入口的地方還有一個水泥護牆擋著。

這時我們展開了一次大行動，算是趁機好好伸展筋骨和靈魂。因爲我們的處境絕望，沒有時間多愁善感太久，所以我們打算好好利用這個大好時機。多愁善感是情勢不太糟時才能做的事。我們除了講求實際外，也沒有別的選擇。那種實際的程度嚴重到，連戰前的美好回憶偶爾浮現時，我們竟然會感到害怕，還好過去的情景通常不會停留太久。

我們得輕鬆看待現在的狀況，一逮到機會就故做輕鬆。荒謬無聊的行爲往往跟恐懼相伴而行，兩者之間完全沒有過渡地帶。除了一頭栽進去，我們也別無選擇。現在，我們熱情如火地想創造一個田園景致，當然是吃飯睡覺的田園生活。我們先在房子裡放了床墊，那些床墊是我們從民房裡搬出來的。軍人的屁股也喜歡軟一點的墊子。我們在房間的中間地板留了點空間，接著弄了些被子、羽絨被和一堆奢侈柔軟的東西。村子裡東西很多，亞伯特和我找到一張可以拆的桃花心木床，還有藍色絲質的床幔和花邊床罩。我們搬床流汗流得跟猴子一樣，但我們怎麼可能放過這種好東西，更何況可能再過幾天就會被槍炮打爛了。

卡特和我在這地區先巡邏了一圈，短短的時間內，我們就找到了一打蛋和兩磅非常新鮮的奶油。突然間，客廳傳來轟隆巨響，一個鐵爐穿過一面牆，經過我們，又穿過距離我們一米的另一面牆，一共穿了兩個大洞。對面房子被榴彈擊中，爐子是從那裡飛過來的。「走狗屎運。」卡特露出牙齒笑著說。我們繼續搜尋，耳聽八方，快速行走。緊接著，我們像中了邪一樣站住不動，因爲我們竟然在一個小豬圈裡，看見兩隻可愛的小豬正在玩耍。我們揉揉眼睛，小心翼翼地看了又看：那兩隻小豬眞的還在那裡。我們摸摸牠們，不用懷疑，是兩隻乳豬沒錯。

這下有大餐可吃了。距離我們的避難所五十步距離的地方有一個小房子，是以前軍官駐紮的地方。那裡的廚房裡有一個大爐子，上面有兩個烤肉架，還有平底鍋、湯鍋和水壺，東西非常齊全。外面棚子裡還有很多砍好的小木材，簡直就是不折不扣的樂園。

今天一早就有兩個人在外面找馬鈴薯、紅蘿蔔和新鮮豌豆。我們已經看不上軍糧庫裡的罐頭，想奢侈一下吃現煮的。飯廳裡已經擺了兩棵花椰菜，乳豬已經被卡特宰了。我們想吃馬鈴薯煎餅配烤肉，卻找不到可以處理馬鈴薯的刨絲刀。不過問題很快就解決了，我們用釘子把鐵蓋戳滿了洞，就可以用了。三個大男人戴上厚手套，怕刨馬鈴薯時把手指弄傷，另外還有兩個人負責削馬鈴薯皮，我們的進度很快。

卡特負責烤豬、紅蘿蔔、豌豆和花椰菜。他甚至還做了可以佐花椰菜的白醬。我負責煎薯餅，一次煎四塊，十分鐘後，我已經可以晃動鍋子，把煎熟的那面往上拋轉後接住。我們沒有把乳豬切開，而是整隻烤。大家圍著烤乳豬，好像圍著祭壇一樣。

這時客人來了，是兩個無線電發報員，我們慷慨地請他們一起來吃。他們坐在客廳，那裡有一架鋼琴，其中一個人彈著鋼琴，另一個則唱著《威希河上》①。雖然他的薩克森口音很重，但是唱得非常有感情。在爐邊準備晚餐時，我們被這首歌深深感動。

我們漸漸察覺猛烈攻擊即將來臨，因爲觀測氣球已經發現煙囪冒出的炊煙，緊接著我們就被炮火猛攻。這回來的是該死的小怪獸，它們射穿一堆小洞，散開的範圍又廣，位置又低。炮彈聲愈來愈近，但是我們也不能把大餐放著不管。敵方那幫人不停發射，有些彈片穿過廚房窗戶咻咻作響。我們就快烤好乳豬了，但是現在要煎薯餅實在有點難。炮彈發射得非常密集，彈片頻頻打到牆上，接著呼嘯穿過窗戶。每次只要我一聽見子彈的咻咻聲，我就連鍋帶餅拿著蹲下，彎腰躲在窗戶的牆後面。子彈聲一停止，我馬上又站起來回去繼續煎餅。

彈片打到鋼琴裡面，薩克森的士兵停止演奏鋼琴。我們的晚餐也漸漸大功告成，於是我們計畫怎麼撤退。下一波炮擊後，兩個人先拿著蔬菜鍋跑了五十

---

①《威希河上（An der Weser）》：德國民謠歌曲。

米到避難所，我們看著他們消失。

又是一波炮轟，所有的人都彎下腰，接著兩個人再各帶著一壺上好咖啡，小跑步逃離，在下一波攻擊前抵達避難所。

輪到卡特和克洛普拿著那件大作：大平底鍋裡面裝的烤成金黃色的乳豬肉。子彈咻咻飛來，蹲下，然後馬上飛快跑過五十米空曠的原野。

我把最後一批馬鈴薯煎餅煎完，撤退前還在地上多趴了兩次——好歹可以多做四個煎餅，畢竟這是我最愛吃的東西。

然後，我抓了放著高高一疊薯餅的盤子，身體緊貼在門後面。子彈嘶嘶飛過，爆炸聲劈啪作響。我飛快地衝過去，兩手把盤子緊緊抱在胸前。就在我幾乎快到的時候，子彈呼嘯聲忽然變大，我跟麋鹿一樣狂奔，繞過水泥牆，彈片打到牆上，我摔到地下室的樓梯上，手肘都擦傷了，但是我一塊薯餅都沒弄丟，盤子也沒弄翻。

兩點時，我們開始吃東西，一直吃到六點，後來還繼續喝咖啡喝到六點半——軍糧處來的軍官級咖啡，抽著軍官級的雪茄和軍官級的菸——也是軍糧處來的。下午六點半準時開始吃晚餐，十點時我們把乳豬的骨頭丟到門前。接下來就是喝同樣是從軍糧處弄來的白蘭地和蘭姆酒，最後還抽著包著商標紙條的高級雪茄。堤亞登說只缺軍妓院裡的女人了。

傍晚快入夜時，我們聽見貓叫聲。門口前坐著一隻灰色的貓。我們引誘牠過來，餵他吃東西。結果我們自己的胃口又來了，最後躺下睡覺時嘴巴裡還嚼著東西。

但是這晚過得很糟糕，我們吃太油膩了，腸胃受不了新鮮乳豬。避難所裡人來來去去，兩三個人脫下褲子在外面蹲著，嘴裡不停咒罵。我自己出去了九次。大約四點時，我們破了紀錄，從守衛到客人全員十一個人，都蹲在外面。

燃燒的房子夜裡看起來像火把，榴彈轟隆轟隆飛過來，落地爆炸。運送彈藥的車隊在公路上疾駛，軍糧庫一側被炸開了，車隊司機不顧彈片威脅，一群人像蜜蜂一樣擠進去偷麵包。我們只好假裝沒看見，讓他們偷個夠。如果我們有意見的話，可能會慘遭毒打。於是我們用別的方法，跟他們表明我們負責守衛，所以我們對儲藏的東西很清楚，還拿了一堆罐頭進去換我們還缺的東西。

無所謂，反正不久這裡也會被炮彈射得稀巴爛。我們幫自己從儲藏室拿了巧克力，一次吃好幾條。卡特說，巧克力對付拉肚子很有效。

我們過了十四天吃喝閒逛的生活。沒有人來打擾我們。在榴彈的摧殘下，整個村莊慢慢消失，我們過的日子還算不錯。只要軍糧庫還有一部份沒倒塌就行了，其他事情我們一點也不關心，我們只希望戰爭能就此打住。

堤亞登突然變得很高貴，雪茄只抽一半。他還傲慢地說，他早就習慣這麼做了。卡特的心情也不錯，他早上的第一句話就是：「艾彌爾，把魚子醬和咖啡拿過來。」我們裝出一副尊貴的模樣，每個人都把別人當作可供使喚的下屬，用敬語稱呼他人，給他們差事做。「克洛普，我的腳底很癢，麻煩您抓個虱子吧！」列爾跟女演員一樣伸出他的腿，亞伯特就把他的腿上拉台階。「堤亞登！」「什麼事？」「稍息，堤亞登，不過你不該回答『什麼事』，應該回答『遵命』……所以呢，堤亞登！」堤亞登回罵了一些粗話，這些話往往是脫口而出的。

就這樣又過了八天，我們後來接到離開的命令。好日子結束了，兩台大卡車來載我們，上面已經堆了很高的木板。亞伯特和我還是在木板上面擺了我們那張有床幔和藍色床罩的床，外帶兩個床墊和兩條有花邊的被子。床頭後面還替每個人放了一袋美食。我們不時摸摸袋子上面，有硬硬的瘦肉香腸，一盒盒的肝腸，還有罐頭和一箱箱的雪茄。每個人身邊都有一袋，簡直令人欣喜若狂。

此外，克洛普和我還救了兩張紅色絲絨的法式單人沙發。它們放在大床裡面，我們坐在裡面，伸展四肢，好像坐在劇院包廂裡。我們上方的床幔絲綢被風吹得鼓鼓的，好像是帝王的華蓋一樣。每個人都叼了一根長長的雪茄，居高臨下看這個地區的風景。

我們中間還放了一個鸚鵡籠，籠子被我們用來裝貓。我們把貓一起帶走，牠躺在籠子裡，面前擺了一盆肉，喵喵叫著。

車子緩慢地行駛在街道上。我們唱著歌，後面撤空的村莊裡，榴彈正炸得泥土四濺。

幾天後，我們被派出去撤離一個村莊。路上我們遇見被驅離逃難的居民，他們把所有家當放在手推車、娃娃車和自己的背上。他們身形彎曲，滿面愁容，露出不安、匆忙又順服的神情。小孩牽著媽媽的手，偶爾也會看見大女孩帶著小女孩，小女孩跌跌撞撞地往前跑，又不時往回看。有些孩子手上拿著破破爛爛的娃娃，他們經過我們身邊時都沉默不語。

我們仍然照著行軍隊伍前進，只要村裡還住著居民，法國人是不會開炮的。沒幾分鐘的時間，空氣中忽然傳來呼嘯聲，大地搖晃、哭喊聲響起——一顆榴彈打中隊伍後方。我們馬上散開臥倒，但是，同一時間，我也覺得那種神經緊繃的感覺消失了，以前這種感覺會讓我在戰火中不自覺做出正確反應。這回冒出來的反而是「你慘了」的想法，還伴著令人喘不過氣的極端恐懼——下一秒，我的左腿就被什麼東西擊中，好像被鞭子打中一樣。我聽到在身邊的亞伯特大叫。

「亞伯特，快，站起來！」我狂叫，我們現在躺在毫無掩護的野外。

他踉踉蹌蹌地站起來拔腿就跑，我跟在他身邊。我們必須跨過一道比我們還高的樹籬。克洛普抓著樹枝，我抓住他的腿，他大叫一聲我用力推他一把，他就飛過去了。我也跟在他後面縱身一跳，結果跳到樹籬後面的池子裡。

我們滿臉都是浮萍和污泥，但是這個掩護很好，所以我們沉入水裡，只露出頸部以上。我們一聽見飛彈的呼嘯聲，便把整個人連頭一起沉入池裡。

我們浮浮沉沉十幾次後，開始覺得噁心，連亞伯特都說：「我們快走吧，我快溺死了。」

「你哪裡中彈？」我問。

「應該是膝蓋吧。」

「能跑嗎？」

「我想可以。」

「那就跑吧。」

我們跑到公路邊的溝道裡，彎著腰沿著溝道跑。炮火一路跟著我們，這條路通往彈藥庫，要是那裡爆炸的話，我們恐怕會被炸得連鈕釦都找不到。於是我們改變計畫，在偏僻處跑向田野。

亞伯特愈跑愈慢。「你快跑，我會跟上。」他說完就跌在地上。

我抓住他的手臂，搖晃他的身子。「亞伯特，起來，一旦躺下來就再也爬不起來了。快跑，我扶你。」

我們好不容易來到一個小的掩護壕。克洛普跌了進去，我替他包紮傷口，他的槍傷在膝蓋上面一點的地方。然後我檢查自己的傷勢，我的褲子都是血，手臂也是。亞伯特用他的急救敷料包紮我的傷口。他的腿動彈不得，我們很訝異自己竟然能跑到這裡。這應該是恐懼的力量，要是我們兩隻腳都被打掉，大概也還能用殘肢繼續跑吧。

我多少還能爬行，於是叫了一輛路過的兩側有圍欄車順路帶我們走。那整車都是受傷的人，車上還有一個醫護兵，他在我們的胸口上打了一針破傷風預防針。

在戰地醫院裡，我們設法安排兩個人躺在一起。那裡有稀薄的湯可以喝，雖然我們已經習慣了前幾天的好日子，但肚子實在是太餓了，所以只好既貪心又不屑地用湯匙把湯喝得一乾二淨。

「亞伯特，我們可以回家了。」我說。

「但願，」他回答。「要是能知道我的狀況就好了。」疼痛愈來愈厲害，傷口感覺跟火在燒一樣。我們水一杯接著一杯喝。

「我中彈的地方到底比膝蓋高出多少？」克洛普問。

「至少有十公分，亞伯特。」我說，其實實際上大概只有三公分左右。

「我決定了，」他過了一會兒說，「如果他們要截肢，那我就去死，我不想拿著枴杖過日子。」

我們就這樣滿腹心事地躺著、等著。

晚上我們被拖到「屠宰板」上檢查。我嚇了一跳，急忙考慮該怎麼做，戰地醫院的醫生是出了名的喜歡截肢，傷者人數太多時，做截肢手術比繁雜的修補手術容易多了。我想到坎姆利希。我絕不會讓人麻醉我，就算要砍掉幾個人的頭也在所不惜。

檢查過程還算順利。醫生在傷口裡面翻來翻去，弄得我差點沒昏過去。

「別裝了！」他罵完繼續切。醫療工具在明亮的光線下像兇狠的動物一樣閃著，那種疼痛眞的難以忍受，兩名男護士抓著我兩隻手臂，我好不容易掙脫了一隻，正想朝著醫生的眼鏡打過去時，竟被他發現而躲開了。「麻醉他！」他氣憤地大叫。

然後我突然安靜下來了。「對不起，醫生，我會安靜的，請你不要麻醉我。」

「好吧。」他咯咯地笑，又拿起他的醫療器械。醫生是個金髮的傢伙，最多三十歲吧，臉上有一道疤，還戴著一副令人討厭的金邊眼鏡。我發現他其實是在刁難我，他在我的傷口裡東翻西攪，不時透過鏡片瞄我。我死命地握住把手，我寧願死也不讓他聽到我一絲痛苦的聲音。

他把彈片夾了出來拿給我看，他顯然非常滿意我的態度，他現在看起來謹愼多了，還對我說：「明天就可以回家了。」接著他們幫我打上石膏。後來遇到克洛普時，我告訴他，明天應該有運送傷兵的列車會到。

「我們得跟那個上士軍醫談談，好讓我們能夠待在一起，亞伯特。」

我美言上士幾句，就成功地讓他收下裹了商標紙捲的兩根雪茄。他嗅了嗅雪茄，問道：「你還有嗎？」

「還有一大把呢！」我說，「還有我的伙伴，」我指著克洛普，「他也有不少。我們希望明天可以一起從傷兵列車的窗戶遞給你。」

他當然聽得懂我們的言下之意，又嗅了一下雪茄，然後說：「就這麼決定了。」

夜裡，我們怎麼也睡不著。我們這間病房已經死了七個人，其中一個在發出臨死的急促喘息聲前，還用破鑼嗓男高音唱了整整一個小時的讚美詩。另一個則是從床上下來爬到窗邊，躺在窗邊，似乎想要最後眺望一次窗外。

我們的擔架停在火車站上。我們在那裡等火車時，天空正下著雨，但火車站沒有屋頂，被子又薄，我們已經等兩個小時了。

那個上士像母親一樣無微不至地照顧我們。雖然我狀況不怎麼好，但是我並沒有忘記我們的計畫。我趁機讓他看看我的包裹，先給了他一根雪茄，於是他幫我們蓋了一塊帳棚帆布。

「天啊，亞伯特，」我回想著，「那張有床幔的床，還有那隻貓。」

「還有舒服的沙發椅。」他補充說。

是啊，那兩張鋪了紅絲絨的沙發椅。我們曾經傍晚時像公爵一般坐在上面，當時我們還打算之後計時出租呢。一小時租金一根雪茄，那本來會是個無憂無慮的快樂生活的，而且搞不好生意興隆咧。

「亞伯特，」我忽然想到，「還有我們的美食包。」

我們的心情鬱悶不已，那些東西本來可以派上用場的。要是列車晚一天啓程，卡特肯定會找到我們，並且幫我們把東西送來。

這該死的命運。我們的胃裡現在只有麵粉糊，戰地醫院的稀薄食物。其實我們的背包裡還有豬肉罐頭，但是我們已經累到連爲此興奮的力氣都沒有了。

列車一大早進站時，擔架已經溼透了。上士特別把我和克洛普安排在同一個車廂。火車上有很多紅十字會的護士，克洛普被安排在下鋪，我則被安排在他上面的那張床。

「我的老天啊！」我突然脫口而出。

「怎麼了？」護士問。

我又看了床鋪一眼，床上鋪著乾淨無比的雪白亞麻床單，床單上甚至還有熨過的痕跡。相比之下，我的衣服已經六個星期沒洗了，而且髒得要命。

「你自己爬不上去嗎？」護士擔心的問。

「這倒不是問題，」我一邊流汗一邊說，「但是請你先把床單拉掉吧。」

「爲什麼呢？」

我覺得自己髒得像頭豬。要我睡在這麼乾淨的床上？「那這樣不是會……」我猶豫不決。

「會弄髒？」她鼓勵的問。「沒關係，我們以後再換就好。」

「不是這樣，」我激動地說。我還眞不習慣這種文化衝擊。

「你們都能在前線蹲戰壕了，我們洗被單又算什麼。」她繼續說。

我望著她，她長得年輕貌美，白皙又文雅，簡直跟這些床單一樣。我們沒有軍官頭銜，竟然也能讓這種人服務，我覺得詭異，甚至有點感到被威脅。

儘管如此，這女人還是逼供高手，她強迫我把所有的話說出來。「只是……」我停了一下，她應該知道我要說什麼。

「只是什麼啊？」

「虱子啦！」我還是大叫出來了。

她笑了出來。「虱子也要過幾天好日子啊。」

既然她這麼說，我也無所謂了。我爬到床上，把被子蓋好。

有一隻手在被子上摸索，是那個上士。他把雪茄拿走了。

一個小時後我們察覺列車已經開了。

夜裡，我醒了過來。克洛普也動了一下。列車輕聲的在鐵軌上滾動前見。我還是不敢相信我竟然躺在床上，搭著回家的列車。我低聲叫喚：「亞伯特！」

「嗯。」

「你知道廁所在哪裡嗎？」

「我想是那裡右手邊那個門吧。」

「我去看看。」車廂裡很暗，我摸索床邊，打算小心下床，但石膏腿行動不便，於是我一腳踩空滑了下去，一聲巨響跌在地上。

「可惡。」我說。

「你撞到哪了啊？」克洛普問。

「你不是聽見了，」我嘀咕著，「我的頭啦！」

車廂後面的門打開了。護士拿著燈進來看見我。

「他從床上掉下來了……」

她測了一下我的脈搏，摸了一下我的額頭。「沒有發燒。」

「沒有。」我承認。

「你是不是做夢了？」她問。

「大概吧！」我把話岔開。她又要開始窮追不捨地問問題了。她那雙明亮的眼睛看著我，既純潔又美好，這樣反而讓我不好意思跟她說我要做什麼。

我又被抬到上面，這可好了，等她一走，我又得想辦法下來了。如果護士是個老女人，我可能比較容易說得出口，但是她非常年輕，最多二十五歲吧，害得我不知所措，更不可能對她說了。

這時候，亞伯特跳出來要幫我。因爲要上廁所的不是他，所以他一點顧忌都沒有。他把護士叫過來，她轉過身。「護士小姐，他想……」連亞伯特都不知道如何完美得體地表達。在前線，我們之間只要用一個詞就能表達了。但是在這裡，面對一位這樣的女士——突然間，他想起從前在學校的情景，流利的說完那句話：「護士小姐，他想上廁所。」

「原來是這樣，」護士說。「那也用不著拖著石膏爬出床啊。你需要什麼？」她轉過來問我。

這突如其來的轉變讓我嚇了一大跳，我不知道要怎麼用專業術語表達我的需求。護士過來幫我忙。「大還是小？」眞丟人！我跟猴子一樣滿身大汗，不好意思地說：「嗯啊，小的就行了。」

好歹我的運氣還算不錯。

我拿到一個尿壺。幾個小時後，我不是唯一需要解決內急的人。早上時，我們已經習慣了，完全不會害臊說出自己的需求。

列車行駛得很慢。它偶爾會停下來把死者卸下，它經常停下來。

亞伯特發燒了，我狀況還過得去。雖然傷口很痛，但是我覺得石膏下的虱子讓我更不舒服，實在癢得很難受，但又不能抓。

我們昏昏沉沉地過了好幾天。外面的風景寂靜地掠過窗邊。第三天晚上，我們到了賀伯斯塔②。我從護士那裡聽來，亞伯特在下一站會被抬下去，因爲他在發燒。「這列車開到哪裡？」我問。

「到科隆。」

「亞伯特，我們得待在一起，」我說，「聽好囉。」下次護士來巡查時，我憋了氣，讓氣衝向頭部。我頭脹發昏，滿臉通紅。護士停了下來。「你哪裡

---

②賀伯斯塔（Herbesthal）：今位於比利時的邊境小鎮，在一八一六年至一九一九年時屬於德國。

痛嗎？」

「是啊，」我呻吟著，「突然痛了起來。」

她給了我一個體溫計，然後繼續走。如果這時還不知道怎麼做，就枉費我拜過卡特爲師了。士兵用的體溫計完全無法對付老練的士兵。關鍵就是要把水銀往上升，然後讓它停留在細細的管子裡不往下掉。

我把體溫計放到腋下，讓它斜斜向下，用食指不停的彈著，接著我把它朝上甩，就讓它升到三十七點九度。不過這樣還是不夠，於是我小心點了一根火柴靠近它，結果升到三十八點七度。

護士回來時，我不停喘氣，呼吸急促，兩眼呆滯地看著她，不安地低聲說：「我忍不住了。」

她把我的情形記錄在紙上。我知道，非必要狀況他們是不會打開我的石膏的。

於是我和亞伯特一起被抬了出去。

我們躺在一家天主教醫院，還是同一個房間。我們眞的很幸運，因爲天主教醫院的良好醫療和伙食是出了名的。這個戰地醫院被我們列車上的傷者塞滿了，其中有不少傷重的病患。因爲醫生人數太少，今天還輪不到我們檢查。走廊上不斷有人推著裝著橡皮胎的平板推車，上面總是有傷患躺著。這種該死的四肢被拉開的姿勢只有睡覺時還可以。

夜裡非常不寧靜。沒有人睡得著，到了清晨我們才開始打盹，我醒來時天已經亮了。門是開著的，走廊傳來說話聲。其他人也醒了，其中一個已經待了好幾天的人跟我們解釋：「樓上的護士每天早上會在走廊禱告。她們把這個儀式稱做早禮拜，爲了讓你們也能分享，她們會把門打開。」

這是她們的好意，但我們的骨頭和頭都痛得要死。

「簡直是胡鬧，」我說，「人家睡得正熟。」

「樓上的病患都是傷勢較輕的，所以他們才這麼做。」他回答。

亞伯特呻吟了起來。我忽然火冒三丈大叫：「外面的人安靜點。」

一分鐘後，一名護士出現了。她穿著黑白色的制服，看起來像漂亮的咖啡保溫袋。「護士小姐，請你把門關上吧。」有一個人說。

「現在是禱告時間，所以門才開著。」她回答。

「可是我們還想睡覺。」

「禱告比睡覺好。」她站在那裡笑得很純潔。「更何況已經七點了。」

亞伯特又開始呻吟了。「門關上！」我大吼。

她突然慌了起來，顯然不明白我們的反應爲什麼會這樣。「我們是爲你們禱告耶！」

「那也一樣，關門！」

她消失了，卻讓門開著。禱告聲又響起了。我簡直要發狂了，於是我說：「我數到三，如果到時還沒停止，我就丟東西了。」

「我也要丟。」另一個人說。

我數到五。然後我拿了一個瓶子瞄準後丟過去，瓶子飛過門掉在走廊，摔成一堆碎片。禱告停止了，一堆護士過來念念有詞地咒罵著。

「關門！」我們大喊。

他們退下。剛才那個矮個子的護士是最後一個走出去的。「異教徒」，她一邊嘀咕，還是把門關上了。我們勝利了。

中午時，戰地醫院監督員來訓了我們一頓。他威脅我們，說要關我們禁閉，或處以更嚴厲的處罰。跟軍糧處監督員一樣，戰地醫院的監督員雖然佩帶軍刀和肩章，但其實是個文官，連菜鳥都罩不住。我們隨他罵，他又能奈我們何？

「是誰丟的瓶子？」他問。

我還在考慮要不要說出來時，已經有人說：「我！」

一個鬍渣亂七八糟的人站了起來，所有的人都急於知道他爲什麼這麼做。

「是你？」

「沒錯，因爲我們沒什麼原因卻被吵醒，我激動地失去理智了。我不知道自己做了什麼事。」他說話好像在背書。

「你叫什麼名字？」

「增援部隊後備兵約瑟夫‧哈馬赫。」

監督員走了。所有人都好奇得很。「你幹嘛說是你幹的？又不是你丟的！」

他奸笑。「沒關係，我有精神失常證明。」

每個人都懂了，只要有張精神失常證明，想幹什麼都行。

「沒錯，」他說，「我頭部曾經中彈過。後來我就拿到一張醫師證明，說我可能會有階段性的無行爲能力。從那時起，我的日子可好過了，大家都不敢刺激我，也不會有人找麻煩。下面那些人一定氣死了。還有，我承認是因爲我覺得丟東西太有趣了。如果明天他們又把門打開，我們再丟吧。」

我們高興得不得了。有了約瑟夫·哈馬赫，我們什麼都不怕。

稍後，我們被無聲的平板車接走了。包紮的紗布都黏住皮膚了，我們像狂牛般叫喊。

我們房裡有八個人。受傷最重的是黑色捲髮的彼得，他中彈的是肺部，非常棘手。在他旁邊的是法蘭茲·威希特，他的手臂被打爛了，一開始狀況看起來沒有很嚴重，但是第三個晚上時，他流血不止，於是他叫我們按鈴。

我急忙猛按鈴，但夜班護士沒來。她傍晚時太忙了，因爲我們所有的人的傷口都換了藥，痛得要命。有人腿要擺這樣，有人說要那樣，有人要喝水，有人要她幫忙拍枕頭。那個肥胖的老護士兇狠地發牢騷，還用力把門關上。現在她可能以爲又是這種雞毛蒜皮找麻煩的小事，所以沒有出現。

我們等了又等。然後法蘭茲說：「再按一次鈴吧。」

我照做了，但還是不見她人影。我們這一側的病房晚上只有一個值班護士，說不定她正在別的病房忙。「法蘭茲，你確定你在流血嗎？」我問。「如果不是，我們可得挨轟了。」

「溼答答的，有人可以幫忙開燈嗎？」

這也行不通，燈的開關在門邊，這裡的人都沒辦法下床。我用力按鈴，按到手指都麻了。說不定護士睡著了，她們白天工作量就很重了，還加上不停祈禱，每個人都勞累過度。

「我們要不要丟瓶子啊？」有精神失常證明書的約瑟夫·哈馬赫問。

「和鈴聲比起來，這聲音她更聽不見。」

門終於打開了。老護士臭著一張臉出現了。當她得知法蘭茲的狀況後，馬上急著大叫：「怎麼沒有人早點說呢？」

「我們按鈴了，沒有人下得了床啊。」

他血流不止，傷口被包紮起來。隔天清晨我們看見他的臉時，已經變得又瘦又黃。前一晚他的外表還看起來很健康，所以現在護士比較常來巡視。

有時候這裡也有紅十字會的救援護士來幫忙。她們大多比較熱心，但是比較不靈巧。換床單時，她們常會把人弄得很痛，然後自己也會受到驚嚇，把病人弄得更痛。

修女可靠多了。她們的技術比較好，但是我們希望她們能夠快樂點。不過有些修女倒是很有幽默感，她們眞的很了不起。誰不喜歡麗貝廷兒修女？這個令人讚嘆的護士只要大老遠一出現，馬上就能把歡樂氣氛散播到建築物一側。這樣的修女有好幾個，我們簡直可以爲她們赴湯蹈火。修女們把我們當成文明人看待，我們眞的沒有什麼好抱怨的。相較之下，部隊醫院連躺在床上都得把手擺得好好的，簡直令人不寒而慄。

法蘭茲·威希特的傷勢一直沒有起色。某日，他被接走後就再也沒有回來。約瑟夫·哈馬赫知道是怎麼一回事：「我們不會再見到他了。他們把他帶到死人房去了。」

「什麼死人房？」克洛普問。

「就是臨終病房。」

「那是什麼鬼玩意兒？」

「這一側角落那個小房間。誰要是快嗝屁了，就會被送到那裡去。那裡面有兩個床位，大家把那裡稱做臨終病房。」

「他們爲什麼要這麼做呢？」

「快死的人沒什麼好忙的，還有，那裡離太平間的電梯很近，方便點。也許他們這麼做是不希望他們在病房死去，影響其他傷患。他們獨自躺在那裡，醫護人員也方便看管。」

「那病患自己怎麼想呢？」

約瑟夫聳聳肩。「通常他們也沒什麼感覺了吧！」

「每個人都知道這種情形嗎？」

「待久一點的人都知道。」

下午時，法蘭茲・威希特的床位來了個新人。過沒幾天，這個新人也被接走了。約瑟夫做了個特別的手勢。我們就這樣看著這些病患來來去去。

有時候，傷者的家屬會坐在床邊哭，要不然就是輕聲低語，尷尬地說話。有一個老太太根本不願意離開，但是她也不能整夜待在這裡。隔天一大早她就來了，但是還是不夠早。當她抵達家屬的床位時，那裡已經躺了別人。她得去太平間領人，於是她把帶來的蘋果分給我們。

小彼得的狀況也愈來愈差。他一直高燒不退。有一天，他的床邊放了一輛平板推車。「要去哪？」他問。

「去包紮廳。」

他被抬起來。但護士犯了一個錯誤，為了省一趟路，她把他的軍服從掛鉤上拿下來，一起放在車上。彼得馬上就知道是怎麼回事，於是他想從車上滾下來。「我要待在這裡！」

她壓住他。他用被打穿的肺輕聲說：「我不要去臨終病房。」

「我們是去包紮廳。」

「那你們拿我的軍服幹嘛？」他已經說不出話了。他激動地用沙啞的聲音說，「我要留在這裡！」

她們沒有回答，把他推出去。在門口時，他試圖站起來，他黑色捲髮的頭不停顫動，眼睛充滿了淚水。「我會回來的！我會回來的！」他叫。

門關上了。我們心情非常激動，但大家都沉默不語。最後約瑟夫終於說：「有人說過，只要去了那裡，就撐不下去了。」

我動了手術，吐了兩天。醫生助理說我的骨頭還沒有癒合。另外有個人，骨頭還長錯方向，又弄斷了，眞是悲慘啊！

新來的傷者裡有兩個年輕士兵是扁平足。查房時，主任醫師發現了他們，他高興地站在他們床邊。「我們可以把這個問題解決掉的，」他說，「只要做個小小的手術，就會有一雙健康的腳了。護士小姐，麻煩您記下來。」

他離開後，無所不知的約瑟夫說：「別讓他幫你們動手術！那個老頭是科學狂，他想盡辦法逮住每個可以動手術的人。他做扁平足手術，沒錯，你們之後不會有扁平足。不過你們會跛腳，一輩子拿枴杖走路。」

「那我們該怎麼做呢？」其中一個人問。

「說不要啊！你們是來這裡治療槍傷，不是來矯正扁平足！難道你們在戰場時不是用扁平足跑的？你們看！現在你們還能跑能跳，如果那老頭拿刀動過你們，你們就成了瘸子了。他需要實驗品，對他來說，對所有醫生都一樣，戰爭最棒的地方就是有很多實驗品可以用。看看樓下病房那些人，有十幾個他動過手術的人都是用爬的。有些人一九一四或一九一五年就來了，都好幾年的時間了。這些人沒有半個比以前走得更好。幾乎所有的人都走得更糟，大部分的人都還上著石膏。每過半年，他就把他們抓來重新折斷骨頭，重做手術。他每回都宣稱手術很成功。你們聽好了，只要你們拒絕，他就不能動你們的腦筋。」

「唉！」其中一個疲倦的說。「腳壞了總比頭被打爛好。誰知道重回前線又會發生什麼事？他們想幹嘛就幹嘛，只要我能回家就好。跛腳總比死了好。」

另一個跟我們年齡相彷的年輕人不願意。另一天早上，老醫生派人把他們兩個接到樓下，連談帶罵，一直到他們兩人點頭爲止。他們又能怎麼辦？他們只不過是小老百姓，他階級卻很高。他們兩人都被上了石膏，回來時麻藥還沒醒。

亞伯特狀況不怎麼樂觀。他被送去做了截肢手術。整隻腿連上半部都被截了。他幾乎不說話了。只有一回，他說要是拿得到手槍，他就會自殺。

一輛運送傷兵的列車抵達了。我們這房多了兩個眼盲的人。其中一個是非常年輕的音樂家。由於他曾經從護士那裡搶過一把刀，所以護士餵他吃飯時一定避免帶餐刀。儘管護士小心翼翼，這回還是出事了。傍晚她餵他時，別床的傷患叫她，她就連盤帶叉放在桌上。他摸索著找叉子，找到後使盡全身力氣猛戳自己的心臟，還抓了一隻鞋子猛敲叉子把柄。我們大聲求救，三個男人合力才把叉子拔出來。鈍鈍的叉齒已經插得很深，他整晚都在咒罵我們，沒有人睡得著。清晨時，他叫到全身抽搐。

又有床空出來了。日子就在疼痛、恐懼、呻吟和臨終的哀嚎中一天天過去。臨終病房也不夠用了，那裡的位置太少了。我們病房晚上也有人死去，人死的速度比護士計畫的速度還快。

然而有一天，門突然開了，平板車推了進來，擔架上面坐著黑色捲髮的彼得，他臉色蒼白，身形消瘦，卻坐得直挺挺的，還露出勝利的微笑。麗貝廷兒修女滿面笑容地把他推到他以前的床位。他從臨終病房回來了。我們以爲他早就死了。

他環顧四周說：「現在你們怎麼說啊？」

連約瑟夫也必須承認，這樣的事他是第一次碰到。

漸漸地，我們其中有一些人可以起來了。我也拿到枴杖，可以跛腳到處走。不過，我很少用枴杖。在房間裡練習走路時，我受不了亞伯特的眼神。他總是用奇怪的眼神望著我。所以有時候我會溜到走廊，在那裡我才能自由行動。

樓下住的是腹部、脊椎或頭部中彈的傷患，不然就是兩腿都被截肢的。右側是下顎中彈的、吸入毒氣的，和鼻子、耳朵或喉嚨中彈的。左側是盲人、肺部中彈的，還有骨盆、關節、腎臟、睪丸和胃部中彈的。這裡才看得見人們各種中彈部位的慘狀。

兩個人死於破傷風，他們臉色慘白，四肢僵硬，最後活很久的就是那雙眼睛。有些傷患受傷的四肢被吊起來，傷口下面放了盆子接膿血，這些盆子每兩三個小時會被清空一次。有些病患裹著繃帶，床的一頭吊著沉重的秤砣。我看過腸子中彈的傷口，上面滿是糞便。醫師助理拿髖骨、膝蓋和肩膀被打碎的傷患X光片給我看。

實在很難相信在這些支離破碎的肢體上竟然有人的臉，在這種狀況下，生命還能苟延殘喘。這只是一個戰地醫院，只是一個部門。在德國還有成千上萬個，法國和俄國也是。這樣荒唐的事竟然存在，那麼那些已經寫出來的、做出來的和想出來的東西到底有何意義呢？幾千年來的文化竟然無法阻止血流成河和成千上萬的人間煉獄，那一切不全都是不著邊際的瞞天大謊？看過戰地醫院，你才知道什麼叫戰爭。

我還年輕，才二十歲，但是我認知的生命卻充滿不安、死亡和恐懼，外加一堆無意義的表面功夫，交雜著痛苦深淵。我看見不同國家的人相互怨恨，默默無知、愚蠢順從又無辜地互相殘殺。我看見世界上最聰明的頭腦發明武器，製造輿論，讓這一切順理成章地持續更久。各地和我一樣年齡的年輕人都看見了這種事，世界上我們這一代的人都經歷了這種事。要是我們有一天站起來，走到父親那一代的人面前，要他們負起責任，他們會怎麼做呢？若沒有戰爭的年代來臨了，他們對我們的期望又會是什麼？幾年來，我們的任務就是殺人，這是我們生命裡的第一份工作。我們的生活知識完全侷限在死亡議題裡。未來到底還會發生什麼事？我們會變成什麼樣子？

我們這房最老的是里望多夫斯基。他四十歲，因爲腹部嚴重槍傷，已經在醫院裡躺了十個月。最近這幾個禮拜，傷勢才開始有起色，終於可以彎著腰一拐一拐地走路。

這幾天他心情格外興奮。他的妻子從家鄉波蘭小鎮寫信來，說她已經存了很多錢，可以搭車來醫院看他。

她已經出發上路了，隨時都有可能會抵達。里望多夫斯基已經食不下嚥，連烤肉加紅酸菜都吃幾口就送人了。他整天都拿著信在房裡走來走去，每個人至少都看他經過十來次。他郵戳檢查了不知道多少次，信上的字跡已經被油漬和指印沾得都無法辨識了。但人算不如天算，里望多夫斯基發燒了，他得躺在床上。

他已經兩年沒見到他的妻子了。這段時間，她生了一個小孩，她會帶小孩一起來。但是里望多夫斯基心裡還有別的事。他希望妻子來時能得到外出許可，這原因很明顯：見到人固然不錯，但是這麼久才見到老婆，如果可以，當然還想要做別的事。

里望多夫斯基跟我們討論了好幾個小時，在軍隊裡是沒有秘密的。也沒有人覺得這件事有什麼好奇怪的。已經外出過的人告訴他城裡有幾個完美的地方，綠地、公園都沒有人打擾，甚至有人還知道有個小房間。

但這些點子都沒用。里望多夫斯基躺在床上愁容滿面。如果他錯過這件事，恐怕整個人生都沒意思了。我們安慰他，並且答應他我們會把事情搞定。

一天下午，他的妻子出現了。她身材嬌小苗條，眼睛怯生生地快速轉動著，跟鳥兒的眼睛一樣。她披著一件不曉得從哪裡繼承來的，有花邊的黑色披肩。

她小聲喃喃自語，害羞地站在門口。我們六個大男人嚇到她了。

「喔，瑪雅，」里望多夫斯基說，他喉嚨哽咽著說，「你可以進來，他們不會對你怎麼樣。」

她走了一圈，跟大家握手。接著她抱著小孩給大家看，這時小孩的尿布傳來異味。她帶著一個繡了珍珠的大手提包，從裡面拿出乾淨的尿布，俐落地幫小孩換好尿布。此時他倆已經不再覺得尷尬，開始交談起來。

里望多夫斯基非常焦慮，他不時瞪大圓圓的凸眼，鬱悶地朝我們的方向看。

此時時機非常恰當，醫生已經查過房，頂多只有護士會來察看一下。因此有一個人還特別出去看了一下狀況。他回來時點點頭。「四下無人。快跟她說，約翰，上啊。」

他們兩人用他們的語言交談。他的妻子臉紅了，表情有點不好意思地往上看。我們好心地傻笑，做了一個小事一樁的手勢，表示沒什麼大不了！去他的偏見，那是別的時代的產物，木匠約翰．里望多夫斯基中了槍傷成了瘸子，他的妻子就在那裡，誰知道他下回什麼時候才能見到她。他想要她，他也有權要她，事情就是這麼簡單。

兩個人站在門前，如果護士突然走過來，就攔下拖延時間。他們打算把風一刻鐘。

里望多夫斯基只能側躺，所以有人在他背後放了一些枕頭，亞伯特負責抱小孩，其他人都轉身。然後，黑色披肩就消失在被子下面了。我們打斯卡特牌時大聲出牌，還說著各種空話製造噪音。

一切進展得很順利。我手上的牌是四張黑桃一張梅花，牌戰轉了一輪。我們差點忘了里望多夫斯基。過了一段時間，儘管亞伯特拼命左搖右晃，小孩還是哭了起來。接著，一陣嘶嘶嚓嚓的聲音響起，我們用餘光偷偷往上看時，孩子已經抱著奶瓶躺在媽媽懷裡了。事情辦妥了。

我們突然覺得這裡像個大家庭，那個女人突然活絡了起來，而里望多夫斯基滿身大汗，滿面春風地躺在那裡。

她打開繡花手提包，裡面露出幾根很好的香腸，里望多夫斯基拿著刀子，好像在拿花束一樣，把香腸切成小塊。他比了個大動作，指著我們——這個身材嬌小的女人就走到每個人面前微笑，把香腸分給我們。近看她還眞是個美人。我們都叫她媽媽，她聽了很高興，還幫我們拍打枕頭。

幾個星期後，我每天早上都得去燦德爾復健院③報到。我的腿被綁得緊緊的活動。我的手臂早就痊癒了。

又有前線送來新的傷兵列車到了。包紮的東西早就不是布做的了，而是白

③燦德爾（Zanderinstitut）復健院：由瑞典醫生博士燦德爾（Gustav V. Zander，1835-1920）創辦的醫療體操醫院，燦德爾療法曾一度風靡歐洲，醫院遍布於歐洲各大城市。

色的皺紋紙做的。前線的包紮紗布太缺乏了。

亞伯特被截肢的腿恢復得很好，傷口幾乎完全癒合了。幾個星期後，他將會去義肢中心。他還是話很少，人也比以前嚴肅得多，常常話說到一半就停下來發呆。要不是因爲和我們在一起，他恐怕早就自殺了。現在他已經跨出最糟的時期，偶爾開始看我們玩斯卡特牌了。

我得到療養假。

母親不肯讓我離開。她非常虛弱，病情比上次糟很多。

之後我又收到軍團的命令，將再次上前線。

跟我的朋友亞伯特·克洛普道別難上加難。然而，這段時間以來，對於道別，我們在軍隊裡也漸漸習慣了。

chapter 11

第11章

過了忙碌的幾個星期，我到前線時正好是冬天，榴彈落地爆炸時，結冰的土塊幾乎和彈片一樣危險。現在，樹木又漸漸轉綠。我們的生活就在前線和兵營間穿梭，也多少習慣了戰爭是個死因，跟癌症、肺結核、流行性感冒或痢疾沒什麼兩樣，只是死亡頻率高了點，死法也多樣和殘酷了點。

我們的思想有如黏土，是由日子的交替捏起來的，平靜的時候就很好，在炮火中就死氣沉沉。思想裡面和外面環境一樣，滿滿的都是彈坑。

並不是只有我們這樣，所有的人都是這樣——從前的一切現在都不適用了，也沒有人還記得以前是什麼樣子。教育和教養造成的差異都被抹滅得無法辨識了，這種差異的好處是可以教你充分利用環境的現有條件，缺點是會讓你有所顧忌，你得先克服這個顧慮。這情形就好比我們從前是不同國家的錢幣，現在卻被丟在同一個熔爐，全部重新鑄刻成同一個模式。如果要找出這些錢幣的差異，可能得先精確分析成分材料。此刻，我們都是士兵，以後我們才能用一種特別的、難爲情的方法當回獨立個體。

這是一種偉大的同袍之情，它用一種非凡的方式把民謠裡的伙伴情誼、囚犯的團結情感與死囚義無反顧的互相扶持，結合成一種生活方式。在危險中，這種生活方式從死亡的緊張與孤寂的重圍中異軍突起，冷漠地演變成匆忙抓住贏得的時間。如果要評斷這種生活方式，那麼它既英勇又平庸。但是誰又想去評斷呢？

這道理就好比堤亞登每回一聽見敵方要進攻，便會急急忙忙把他加了豬油的豌豆湯吃光光，因爲他不知道下一刻是否還能活著。這樣做到底對不對，我們曾經討論很久。卡特認爲這樣做不妥，因爲你可能會腹部中彈。果眞如此，胃裡塞得滿滿的狀況就比空胃危險得多。

對我們來說，這些東西都是問題，嚴肅的問題，事情也不可能是別的樣子。在這裡，死亡邊緣的生活有一條極爲簡單的路線，這條線侷限在最迫切的事物上，其他東西都睡死了——這就是我們的原始性，它拯救了我們。要是我們區分得太細，那我們可能早就瘋了，不然就是當逃兵或是陣亡。這就像在冰山探險，每一種生活表現的目的都是爲了繼續生存，所有的設定都是爲了達到這個目的。其他一切必須排除，因爲它們會浪費不必要的精力。這是唯一能拯救我們的方法。在寂靜的時刻，當過去生活謎樣似的反射，如一面模糊的鏡子照著我現在的樣子時，我坐在自己面前，卻好像看見陌生人。我不禁訝異，這個被稱做生命的東西，這個無法形容的動力，竟然適應了這個形體。其他表現都在冬眠，生命就是持續不斷地窺伺死亡的威脅——它把我們變成有思想的動物，好給我們直覺的武器；我們變得無動於衷，才不至於在面對恐怖時崩潰，然而恐怖還是會在頭腦清醒的時刻陣陣逼來；生命喚醒了我們心中的同袍之情，讓我們逃過孤寂的深淵；它讓我們跟野獸一樣冷漠，讓我們無時無刻都往好的一面看，把正面能量存下來抵抗虛無。我們就這樣活著，生活封閉艱苦，卻又膚淺至極。只有偶爾會有事情迸出火花，緊接著，猛烈又可怕的渴望，卻會出其不意地燃起熊熊烈火。

戰爭裡危險的時刻讓我們體會到，適應只是表面的，適應不代表得到安寧，反而是爲了得到安寧造成的高度緊張狀態。表面上，我們的生活形式跟叢林裡的黑人沒什麼兩樣，但他們可以一直這樣生活，是因爲他們本質就是這樣，他們可以藉由精神力量的緊張狀態充分發展進步，我們卻完全相反：我們的內心並不是爲了往前進步而緊張，而是爲了往後倒退。他們心情放鬆又自然，我們卻萬般緊張又做作。

夜裡，當我們從夢中醒來，被如潮水般湧來的幻覺魔法征服時，我們才驚覺，將我們與黑暗區隔的支架與界限是多麼脆弱——我們是小小的火焰，只有單薄的牆勉強抵擋死亡與荒謬的風暴，我們在這個風暴中閃爍著，有時幾乎熄滅了。然後殺戮戰場低沉的怒吼化做一個圈圈，把我們包住。我們在裡面縮著身子，凝視黑夜，唯一的安慰就是戰友熟睡的呼吸聲。就這樣，我們等待黎明的來臨。

每一天、每一個小時、每個榴彈和每個死者都在摩擦那個支架，歲月讓它磨損得更快。我眼睜睜看著這個支架在我周圍塌陷。得特林的愚蠢故事就是例子。

他向來特異獨行。不幸的是，他在某個花園看見了一棵櫻桃樹。當時我們剛從前線回來，這棵櫻桃樹就長在新營區附近一條路的轉彎處，在晨曦中出其不意地出現在我們眼前。這樹沒有葉子，卻開滿了白白的花。

晚上時，得特林不見人影，後來他回來時手上拿著幾枝櫻桃花樹枝。我們跟他開玩笑，問他是不是在找新娘。他沒有回話就直接躺回床上。夜裡，我聽見他發出窸窸窣窣的聲音，好像在收拾東西。我有一種不祥的感覺，於是走到他那裡。他裝作沒事的樣子，我對他說：「得特林，別做傻事啊。」

「沒事，我只是睡不著。」

「你拿櫻桃花樹枝做什麼？」

「我該不會連折個花都不行吧？」他頑固地回答，過了一會繼續說：「我家裡也有果園，也有櫻桃樹。櫻桃樹開花時，從穀倉上看下去好像床單，好潔白。花開的季節到了。」

「也許很快就能休假了。你是農人，說不定他們會派你回去。」

他點點頭，但心不在焉。這些農人情緒一來，就露出一種特殊的表情，像是牛和渴望之神的混合體，有點蠢，有點迷人。爲了打斷他的思路，我跟他要了一塊麵包。他很爽快地就給我了。這實在有點可疑，因爲他平常有點小氣。於是，我保持清醒。不過那天並沒有發生什麼事，他早上跟平常沒什麼兩樣。

他顯然注意到我在觀察他了。第三天一大早，他還是走了。我看見他離開，但是沒有說什麼，好讓他有充裕的時間。有不少人順利逃到荷蘭，說不定他也可以順利脫逃。

點名時，被人發現他缺席了。一個星期後，我們聽說他被戰地憲兵，也就是那些令人不齒的軍警逮捕了。他往德國的方向逃亡，這樣當然沒什麼成功的指望。當然了，這整件事一開始就很蠢。每個人都會認爲他逃亡是因爲想家而造成的一時糊塗，但前線後方一百公里的軍事法庭法官能理解這種鄉愁嗎？我們從此再也沒有得特林的消息。

有時候，這種抑鬱的危險情緒會以另一種形式爆發出來，就像過熱的壓力鍋一樣。說到這裡，就得講講貝格爾的結局。

我方的戰壕早就被射得殘破不堪很久了，我們的前線成了機動戰線，所以已經不再打陣地戰。進攻與反攻交替進行，我們只剩一條破碎的防線，彈坑和彈坑之間展開激烈的拉鋸戰。前方防線突破了，部隊就到處建立陣地，彈坑成了戰鬥之地。

我們在一個彈坑裡，側面是英國人，他們從側面占領，抄到我們後面。我們被包夾了，這時候要投降有點困難，因爲四周煙霧瀰漫，沒有人看得出來我們想投降，也許我們不是眞的想投降，在這種時刻我們連自己都搞不清楚自己在想什麼。我們聽見手榴彈爆炸的聲音愈來愈近，我們的機關槍正在掃射一個半圓形區域。冷卻用的水蒸發光了，我們急忙把盒子傳過去，每個人都在裡面撒尿，這樣我們就有水，可以繼續炮轟。然而，我們後方的爆炸聲愈來愈近，再過幾分鐘我們就要輸了。

接著第二挺機關槍開始近距離快速掃射。它就架在我們旁邊的彈坑，是貝格爾弄來的，現在我們的人從後方發動反攻，我們重獲自由，與後方取得聯繫。

後來我們躲在還算不錯的掩護處時，有一個領飯的告訴我們，大約一百多步距離的地方，有隻受傷的通訊犬躺在那裡。

「在哪裡？」貝格爾問。

另一個人告訴他詳細地點。貝格爾就這樣出去了，他要去救那隻狗，否則就開槍解決牠。半年前，他根本完全不關心這種事，而且理智得很。我們試圖阻止他。但是當他滿臉嚴肅非走不可時，我們只能說：「瘋了！」然後讓他走。前線狂暴症一發作，如果不能立刻將發作的人制伏在地，可是非常危險的。我們的貝格爾有一米八，是全連最壯的人。

他眞的是瘋了才會想要穿過炮火牆——那就像被閃電擊中，被鬼附身一樣，這道閃電在頭上伺機而動，隨時隨地都有可能輪到自己。有些人發作時會怒吼狂奔，還有一個人發作時會用手、腳和嘴巴不停地挖土。

當然，這種事也常是假裝的，但假裝也是一種預兆。要去處理狗的貝格爾骨盆中槍被抬回來，去抬他的其中一個人小腿還被機關槍打中。

謬勒死了，他被近距離的照明彈射穿了胃。中彈後還意識清醒，卻痛苦萬分地活了半小時。他死前把皮夾交給我，也把靴子留給我——就是從坎姆利希那裡拿到的那雙。我馬上穿上，它們非常合腳。如果我死了，堤亞登可以繼承這雙鞋，我已經答應他了。

雖然我們已經把謬勒埋了，但他可能無法在那裡安息太久。我們的防線又後退了，對面太多英國和美國軍團了，罐頭牛肉和白麵粉也太多了。炮彈太多，軍機也太多。

然而，我們卻餓得跟皮包骨一樣。我們的伙食差到不行，裡面加了太多害我們生病的替代品。德國的工廠主人都成了有錢人，我們卻得了痢疾，腸子刺痛萬分。茅廁永遠人滿為患，後方的人應該看看這些灰黃、可憐又委屈的臉孔，看看這些彎曲的軀體，腹絞痛幾乎把他們的血從身體榨出來。然而，他們頂多只能用扭曲和疼痛的嘴唇苦笑說：「根本不需要把褲子拉上來……」

由於彈藥不足，我們的炮兵連停止射擊。這些炮管老舊不堪，射擊時非常不準，有時還會把炮彈射到我們這裡。我們的馬匹太少，我們的生力軍都是貧血、需要休養的小男孩，他們連背包都背不動，但卻知道怎麼去死。這種人成千上萬。他們不知道什麼是戰爭，他們只會前進當槍靶。有兩個連才剛下火車，還沒搞懂什麼叫掩護，就被一架軍機玩笑似地炸光了。

「德國應該很快就會沒人了。」卡特說。

我們不敢奢望戰爭會結束。我們根本想不了這麼遠。你可能會中彈死亡，你也有可能受傷，那麼下一站就是戰地醫院。如果沒有被截肢，那麼遲早會落入鈕釦上有戰爭十字勳章的軍醫手裡，他們會跟你說：「什麼，這腿不過短了一點點？戰場上有勇氣就夠了，根本不用跑。這個人可以打仗。解散！」

卡特說了一個故事，這故事從佛日山脈傳到法蘭德斯，整個前線都知道。聽說有一個軍醫隨機唸著體檢單上的名字，被叫到的人上前時，他連看都不看就直接說：「可以打仗。前線需要軍人。」有個裝著木腿的人出列了，軍醫又說：「可以打仗。」卡特這時提高嗓門說：「那個人跟軍醫說：『我已經有條木腿了，如果在戰場上頭部中彈，那我就換個木頭做的腦袋，好當軍醫！』」

我們一致認爲這個回答太妙了。

其實好醫生也不少，但是歷經幾百次體檢的士兵，總有一次會落入爲數眾多專抓好漢的軍醫魔掌裡。這些軍醫想盡辦法把名單上可以工作和可以駐防的體格都變成可以打仗的體格。

這種故事不少，而且大部分的故事更刻薄。這些故事既不是造反，也不是發牢騷，而是誠實的直搗眞相。軍隊裡有太多欺騙、不公平和卑鄙的事。把一批批軍團送上愈來愈沒指望的戰場，在防線後移崩潰的狀況下卻發動一次次進攻，難道這些鳥事還不夠多嗎？

本來被摒棄的坦克車，現在卻成了重要武器。它們全身裝了鐵甲，排成長列滾滾而來。在我們眼裡，坦克車比其他東西更能表現戰爭的殘酷。

對著我們猛轟的大炮我們看不見，進攻線上的敵人跟我們一樣也是人。但坦克車是機器，它的履帶不停地轉動，跟永不休止的戰爭一樣。當它冷血地滾進彈坑再出來時，彷彿是怒吼吐煙的鐵甲艦隊，擋都擋不住。它是鋼鐵做的野獸，刀槍不入，把死者和傷者一起碾爛。在坦克車面前，我們只能縮在我們薄薄的皮膚下。與它巨大的破壞力相比，我們的手臂成了麥稈，我們的手榴彈也只不過是火柴罷了。

榴彈、毒氣、坦克艦隊——踐踏、侵蝕、死亡。

痢疾、流行性感冒、傷寒——嘔吐、發燒、死亡。戰壕、戰地醫院、集體墳墓——沒有其他可能。

我們連長貝廷克在一次進攻行動中陣亡了。他是個優秀的前線指揮官，任何危險的狀況下都跑在最前面。他在我們這連已有兩年時間了，從沒受過傷，但該來的終究還是會來。當時我們蹲在一個洞穴裡，已經被敵人包圍。油和煤油的臭味隨著炸藥的煙霧傳來，我們看見兩個人拿著噴火器，其中一個背著一個箱子，另一個手裡拿著噴火的管子。要是他們太靠近我們，我們鐵定完蛋，因爲我們根本沒有後路可退。

我們對他們開槍，但是他們仍然愈來愈逼近，情勢眞的不妙。貝廷克跟我們一起留在洞裡，他看見我們射不中他們，因爲我們在炮火密集的狀況下得找掩護。於是他拿起步槍爬出洞外，趴在地上手肘撐地瞄準。他開槍的同時，一顆子彈啪地一聲擊中他。他還是趴著，繼續瞄準——他停頓了一下，重新瞄準，槍聲終於響起。貝廷克把步槍放下說：「好」，然後滑了回來。後面那個噴火的人中槍倒下，另一個人的噴火管從他手中滑了出來，火焰噴向四面八方，那個人也燒了起來。

貝廷克胸部中彈。過了一會兒，另一顆子彈把他的下巴削掉。同一顆子彈的殺傷力還大到可以打傷列爾的髖部。列爾呻吟起來，用手臂支撐著。他失血很快，沒有人幫得上忙。幾分鐘後，他像根流光的軟管一樣癱了。他從前在學校數學非常優異，但這又有什麼用呢？

好幾個月過去了。一九一八年的夏天是史上最血腥也最艱苦的時期。日子像穿著金色和藍色外衣的天使，不可思議地站在毀滅圓環的上方。這裡每個人都知道這場戰爭輸定了，沒有人多說什麼，我們後退了。這次大進攻後，我們就無法再進攻了，人員和彈藥都已經消耗殆盡。

然而，戰爭仍然持續著——死亡也持續著。一九一八年的夏天——我們從來沒有像現在如此渴望簡單的生活。營區草地上火紅的罌粟花、草桿上光滑的甲蟲、在半明半暗涼爽房間度過的溫暖夜晚、黃昏時神秘的黑色樹影、星星和河水潺潺、美夢與飽眠。喔，生活，生活，生活！

一九一八年的夏天，我們從來沒有這樣忍氣吞聲過，甚至比上前線的時刻還安靜。停戰和和平的謠言四起，大家議論紛紛。我們心煩意亂，每次上前線都難上加難。

一九一八年的夏天，前線的生活從來沒有如此痛苦悲慘過，比炮轟的那幾個小時更嚴重。慘白的臉孔埋在污泥裡，雙手痙攣，唯一的念頭就是：不！不！千萬別是現在！千萬別在這個最後關頭！

一九一八年的夏天，希望之風吹過焦土，焦急與失望發燒般撲來，死亡的恐懼痛苦折磨，我們匪夷所思地問著：為什麼？為什麼還不結束？為什麼戰爭就要結束的謠言仍然沸沸揚揚？

這裡飛機很多，它們篤定地獵殺每個人，好像在獵兔子般。每對付一架德國飛機，就至少來個五架英國和五架美國飛機。要對付戰壕裡一個又餓又累的德國士兵，敵方會派來五個強壯的新血。德軍這裡有一個軍糧麵包，對面就有五十個肉罐頭。我們並不是真的被擊垮的，因為我們是優秀又經驗豐富的士兵。但是面對好幾倍的優勢，我們只能被迫失敗。

下了好幾個星期的雨，灰濛濛的天空，灰茫茫的大地，灰暗的死亡。我們搭車出發時，溼氣就已經穿透外套和軍服，整個在前線的時間都是溼的，我們的身體沒有乾過。穿靴子的人用沙袋綁在靴子上面，好讓泥漿不會太快流進鞋子裡。步槍生鏽了，軍服沾了一層泥，所有的東西都流動溶解了。大地成了一塊滴滴答答、溼淋淋又油乎乎的東西，上面佈滿了黃色池塘，池塘裡飄著螺旋狀的血水，死者、傷者和倖存者都慢慢沉入這些池塘中。

狂風如鞭子般地抽打我們，灰黃渾沌的天空降下雨點般的彈片，被射中的人像孩子般發出淒厲的叫聲。夜裡，這些被撕碎的生命費力地呻吟到死亡為止。我們的手上都是泥土，我們的身體沾滿泥漿，我們的眼睛成了裝了雨水的小水窪。我們根本不知道自己是否還活著。

然後，炎熱像水母一樣突然撲向我們的洞穴裡，空氣又悶又潮溼。某個夏日午後，卡特去領吃的東西時倒下了。當時只有我們兩個人，我包紮他的傷口，看來他小腿骨被打碎了，這一槍剛好打在骨頭上，卡特絕望地呻吟著：「偏偏是這個時候，為什麼正好是這個時候……」

我安慰他。「誰知道這場災難還要持續多久啊！你得救了。」

傷口出血得很厲害。我不能放下卡特一個人去找擔架。我也不知道附近哪裡有救護站。

卡特並不重，於是我背他往回走往包紮處。

我們休息了兩次。運送過程讓他非常疼痛。我們沒有多說話，我把外套的領子打開，用力地喘氣。我滿身大汗，因爲費勁背他臉都腫了。儘管如此，我還是催著繼續走，因爲那個地區很危險。

「卡特，你還能走嗎？」

「不走還能怎麼辦，保羅。」

「那我們走了。」

我把他扶起來，他用沒受傷的腿站著，身體靠著一棵大樹。然後我小心地抓著他受傷的腿，他用力一蹬，我就把沒受傷的腿的膝蓋也夾在腋下。

偶爾會有榴彈呼嘯而過，路愈來愈難走。我盡量走得很快，因爲卡特的血已經滴到地上了。我們很難躲避炮擊，因爲我們還沒找好掩護，炮擊就已經開始了。我們躺在一個小彈坑等待。我從我的軍用水壺倒茶給卡特喝。我們還抽了一根菸。「唉，卡特，」我憂傷的說，「這下我們要分開了。」

他默不作聲，只是凝視著我。

「卡特，你還記得我們抓鵝的事嗎？還有我還是菜鳥時，第一次受了傷，你是如何救我脫離災難的？那時我還哭了呢。卡特，那幾乎是三年前的事了。」

他點點頭。

孤單的恐懼突然襲來。如果卡特被送走，我在這裡就沒有朋友了。

「卡特，如果你回來前和平已經到來，那我們無論如何得再見面。」

「你覺得我骨頭傷成這樣，體檢還會被列爲可以打仗？」他苦笑著問。

「你會慢慢痊癒的。關節沒有問題，也許可以順利恢復。」

「再給我一支菸。」他說。

「也許我們以後可以一起做點什麼，卡特。」我非常悲傷，卡特，不可能——我的朋友卡特，肩膀下垂、鬍子稀疏柔軟的卡特，我比任何人都清楚他，與我休戚與共的卡特——不可能，我再也見不到卡特了。

「無論如何，一定要留你家的地址給我，卡特。這是我的地址，我寫給你。」

我把寫了他地址的紙條放到胸口的口袋。他人還坐在我旁邊，我卻已經開始感到寂寞了。難道我該趕快朝自己的腳開槍，好留在他身邊？卡特忽然發出急促的呼吸聲，臉色發青發黃。「我們繼續走吧！」他結結巴巴說。

我一下子跳了起來，滿腔熱血地幫他，背著他開始大步跑，像耐力跑一樣跑得緩慢穩健，這樣他的傷腿才不會擺動得太厲害。

我咬緊牙關，不顧一切跌跌撞撞抵達救護站時，喉嚨乾得不得了，眼前還跳著黑色和紅色的星星。

我在那裡摔倒了，但是我還有力氣往卡特沒有受傷的那一側倒。幾分鐘後，我慢慢站起來。我的腿和我的手抖得很厲害，我費了好大的勁才找到軍用水壺，喝了一口水。我的嘴唇也在抖，但是我笑了——卡特得救了。

過了一會兒，我才開始分辨耳朵裡各種亂七八糟的聲音。

「你可以不必這麼做的。」救護兵說。

我滿頭疑惑地看著他。

他指指卡特。「他死了。」

我不懂。「他只是小腿中彈。」我說。

救護兵站在那裡不動。「那也一樣。」

我轉過頭，我的眼睛仍然模糊不清，額頭又開始冒汗，汗水滴到眼皮上，我把汗擦掉朝著卡特看。「他昏過去了。」我急忙說。

救護兵輕輕吹了一下口哨，「這我可比你內行。他死了。我打賭。」

我搖搖頭。「不可能！十分鐘前我還跟他說話，他是昏過去了。」卡特的手還溫溫的，我抓著他的肩膀，用茶擦他的身體。然後我覺得手指溼了。我摸過他的後腦勺時，手上都是血。救護兵又吹了一下口哨：「你看。」

在我沒注意到的狀況下，卡特被彈片射到頭部。頭上的洞很小，應該是塊非常小的流彈彈片，但是那也夠大了。卡特死了。

我慢慢的站起來。

「你要帶走他的軍人證和隨身物品嗎？」那個二等兵問我。

我點點頭，他把東西交給我。

那個救護兵很訝異。「你們不是親戚吧？」

不是，我們不是親戚。不是，我們不是親戚。

我現在要走嗎？我還有腳嗎？我抬起雙眼，讓它們轉動，我也跟著轉，轉了一圈又一圈，直到我停下來。周圍跟平常沒什麼兩樣，只是後備軍人史坦尼斯勞斯・卡特欽斯基死了。

後來我什麼都不知道了。

chapter 12

第12章

秋天到了。老兵沒剩幾個，我是我們班七個人裡面僅存的一個。

每個人都在談論和平與停戰。所有的人都在等待。如果這回又要失望，那他們一定會崩潰。停戰的希望實在太強烈了，強烈到沒有大爆發是不會消失的。要是和平不來，肯定會發生革命。

因爲吸到一點毒氣的緣故，我可以休息十四天。我整天坐在小花園裡曬太陽。連我都相信停戰的日子快到了，到時我們就可以回家了。

我的思想停頓了，無法繼續前進。更吸引我的、等待我的其實是感情。那是生存的慾望，那是對家鄉的情感，那是血緣關係，還有得救的渴望。不過，這些都不是目標。

要是我們是在一九一六年回家的話，我們可能會因爲經歷的痛苦與深刻，掀起一場大風暴。如果我們現在回家，我們只是疲累、頹廢、精力耗竭，沒有根源，沒有希望。我們再也不可能正常地過日子了。

人們也不會理解我們——我們上一代的人雖然跟我們一起共度了這幾年，但是他們有家有工作，他們會回到老地方，把戰爭忘掉。我們下一代的人，就跟我們以前一樣，也會覺得我們很陌生，把我們推到一旁。我們對自己來說是多餘的，我們的年齡會增長，有些人會適應，有些人屈服，有些人會束手無策。時光會漸漸流逝，我們終將毀滅。

也許會這麼想是因爲憂傷與震驚，等我再度站在白楊樹下聽著樹葉沙沙的聲音時，這些想法就會煙消雲散了。那些東西不會就這樣消失的，那讓我們血液變得不平靜的柔情，那些不確定的、令人訝異的、即將到來的事物，還有未來的千樣面孔，夢中和書裡的旋律，以及對女人的渴望與一知半解。它們不可能在猛烈的炮火中、絕望中和軍妓院裡消失得無影無蹤的。

這裡的樹木閃著繽紛金色的光芒，花楸樹紅紅的果實立在樹葉間，白色的公路通往地平線，食堂像蜂窩一樣嗡嗡響著和平的謠言。

我站起身。

我心情非常平靜。就讓月月年年的時間到來，它不會再帶走我任何東西了，它也無法帶走。我如此徹頭徹尾的孤獨，沒有任何期望，可以毫無畏懼地面對未來。曾帶著我渡過戰爭這幾年的生命，仍然活在我的雙手和眼睛裡。我不知道自己是否已經戰勝過去那段生命，但只要它還存在，不管我內心願不願意，它都會尋找自己的道路。

他於一九一八年十月陣亡，那一天，整個前線是如此寧靜沉寂，連軍團指揮部的報告上都只寫了一行字：西線無戰事。

他是向前倒下的，像睡著般地躺在地上。當人們將他翻身時，可以看得出來他死前沒有遭受太多折磨——他臉上的表情堅定，似乎很滿意事情的結局是這樣。

國家圖書館出版品預行編目資料

西線無戰事 / 雷馬克（ERICH MARIA REMARQUE）著；顏徽玲譯 . —— 二版 . ——臺中市：好讀 , 2019.01
面：　公分，——（典藏經典；64）

ISBN 978-986-178-480-9（平裝）

875.57　　　107023145

好讀出版

填寫線上讀者回函
可獲得書訊與優惠

典藏經典 64

西線無戰事【80 週年紀念版】

ALL QUIET ON THE WESTERN FRONT（GERMAN: IM WESTEN NICHTS NEUES）

作　　者／雷馬克（ERICH MARIA REMARQUE）
翻　　譯／顏徽玲
總 編 輯／鄧茵茵
文字編輯／莊銘桓
內頁排版／王廷芬
發行所／好讀出版有限公司
台中市 407 西屯區工業 30 路 1 號
台中市 407 西屯區大有街 13 號（編輯部）
TEL:04-23157795 FAX:04-23144188 http://howdo.morningstar.com.tw
（如對本書編輯或內容有意見，請來電或上網告訴我們）
法律顧問　陳思成律師

讀者服務專線／ TEL：02-23672044 / 04-23595819#230
讀者傳真專線／ FAX：02-23635741 / 04-23595493
讀者專用信箱／ E-mail：service@morningstar.com.tw
網路書店／ http : //www.morningstar.com.tw
郵政劃撥／ 15060393（知己圖書股份有限公司）
印刷／上好印刷股份有限公司

二版／ 2019 年 1 月 15 日
二版六刷／ 2024 年 2 月 25 日
定價／ 300 元
如有破損或裝訂錯誤，請寄回臺中市 407 工業區 30 路 1 號更換（好讀倉儲部收）

Published by How Do Publishing Co., LTD.
2024 Printed in Taiwan
ISBN 978-986-178-480-9